2019 신춘문예
희곡 당선 작품집

2019 신춘문예
희곡 당선 작품집

도서 월인
출판

차례

경상일보 희곡 부문 당선작

고해(告解), 고해(苦海)

■

김환일

서울 출생
명지대학교 문예창작학과 졸업
동 대학원 수료

등장인물

여 자 (20대)

남 자 (50대)

장소

깊은 밤, 인적 끊긴 야산.

무대

무대 중앙에 구덩이가 파헤쳐 있다.

실제 구덩이를 구현하기 어려울 경우,

무대를 2단으로 만들어 아랫단을 구덩이로 대체한다.

암전 상태에서 땅을 파는 소리, 거친 숨소리.

무대 밝아지면, 우비를 입은 남자가 삽으로 땅을 파고 있고

손을 묶인 여자가 구덩이 앞에 무릎 꿇고 앉아 있다.

남자, 삽질을 멈추고 커다란 페트병의 물을 벌컥벌컥 마신다.

남 자 (여자에게 페트병을 내민다)

여 자 (고개를 젓는다)

남 자 (다시 물을 마신다) 어떻게 더 팔까?

여 자 (고개를 젓는다)

남 자 (여자의 몸과 구덩이 깊이를 겨누며) 너무 얕을 것 같은데? 이럼 금방 발견될 거야. 더 판다?

여 자 (고개를 젓는다)

남 자 싫다는 거야, 상관없다는 거야?

여 자 (남자를 바라본다)

남 자 (여자를 바라보다가 외면하고) 아무리 인적이 끊긴 곳이라도 너무 얕아. 너도 금방 발견되는 걸 원하는 건 아니잖아. 게다가 이렇게 묻어버리면 산짐승이 파헤칠 수도 있어. 그럼 보기 흉하잖아. (다시 땅을 파기 시작한다)

점점 거칠어지는 남자의 숨소리.

그러다가 삽을 던져 버리고 여자 옆에 주저앉는다.

남 자 힘들어서 더는 못하겠다. (하늘을 바라보며) 괜히 서둘렀네. 비가 오기 전에 끝내려고 했는데, 도대체 언제 내린다는 거야?

남자, 담배를 꺼내 입에 문다.

남 자 (불을 붙이려다 여자를 바라보더니) 하나 줘?

여 자 (고개를 끄덕인다)

남 자 (담배를 꺼내다가) 뭐야? 똣대잖아? (고민하며) 아, 진짜…

남자, 담뱃갑을 통째로 여자에게 건넨다.

그리고 자신의 담배에 불을 붙이려 하지만 라이터가 좀처럼 켜지지 않는다.

그사이 품에서 쪽지를 꺼내 남자 몰래 담뱃갑에 넣는 여자.

라이터를 던져버린 남자는 담뱃갑을 뺏어 주머니에 다시 넣는다.

여 자 (담뱃갑을 유심히 쳐다본다)

남 자 무섭게 쳐다보네. 절대 고의는 아니야. 내가 원래 결정적인 순간에 재수가 좀 없거든. 어쨌든 담배는 미안하게 됐어.

여 자 (비웃는다)

남 자 라이터가 고장난 걸 나보고 어쩌라고? 미안하다고 했잖아?

여 자 사람 죽이는 건 하나도 안 미안하면서, 담배는 미안한가 보네?

남 자 왜? 그게 이상한가?

여 자 뻔뻔해서 다행이야. 당신이 후회할까 걱정했거든.

남 자 후회? 그런 감정은 사치 아닌가? 난 빨리 일을 끝내고 집에 뭘 사갈까, 그것만 생각했거든.

여 자 그 마음 변하지 않길 바랄게. 당신은 절대 미안하지 않아야 해.

남자, 삽을 들어 구덩이 이곳저곳을 툭툭 친다.

남 자 골라.

여 자 뭘?

남 자   그냥 산 채로 묻힐지, 숨통이 끊기고 묻힐지.

여 자   어떤 게 더 고통스러운데?

남 자   글쎄, 그건 나도 모르지. 안 고르면 내 마음대로 한다? (삽을 허공에 몇 번 휘두른다)

여 자   사람 죽이는 거, 무섭지 않은가 봐?

남 자   죽는 건 넌데, 내가 무서울 리가.

여 자   살아 있는 게 더 무서울 때도 있을 텐데?

남 자   갑자기 말이 많아졌어. 이제 와서 죽기 싫다는 뜻인가?

남자, 여자의 뒤로 다가가 삽을 높이 치켜든다.
그리고 힘차게 내리치려다가 멈춘다.

남 자   안 놀라네?

여 자   내가 그래야 해?

남 자   신기하군. 정말 죽는 게 무섭지 않아?

여 자   말했잖아. 살아있는 게 더 무서울 때가 있다고.

남 자   (여자의 옆에 앉으며) 도대체 그게 언젠데? 어떤 상황이 돼서야 사는 게 더 무서워지는데?

여 자   당신도 이미 알고 있잖아?

남 자   뭐라고? 그게 무슨 뜻이야? 내가 뭘 알고 있다는 거야?

여 자   사는 게 무서워서 차라리 죽어버릴까? 당신도 그런 생각 했었잖아?

남 자   (여자의 멱살을 잡으며) 나에 대해 뭘 안다고 지껄이는데?

여 자   (남자를 빤히 바라본다) 당신의 진짜 얼굴.

남자, 더욱 세게 여자의 멱살을 쥐다가 스르르 풀어준다.

남 자	인정해야겠어, 궁금하게 만드는 그 재주. 뭔가 하고 싶은 말이 있는 모양인데. 좋아, 내가 물어봐 줄게.
여 자	(무릎 꿇은 자세에서 편한 자세로 바꾼다)
남 자	긴 얘기인가 보네? (여자 앞에 앉는다) 이유가 뭐야? 널 죽여 달라는 이유.
여 자	(남자를 빤히 쳐다보며) 죽고 싶으니까.
남 자	그러니까 왜 죽고 싶은 거냐고? 도대체 무슨 이유로 죽고 싶으면, 자길 묻어 달라고 부탁하는 건데?
여 자	죄를 지었으니까.
남 자	죄? 그걸 지금 믿으란 말이야? (비웃으며) 엄청난 비밀이라도 숨기고 있는 표정이더니 고작 죄 때문이라고?
여 자	죄를 지었으면 대가를 치러야 하는 거 아닌가?
남 자	어떤 죄를 죽음으로 치러야 하는데? 사람이라도 죽였나?
여 자	…
남 자	왜 말이 없어? 정말 죽였어? 너 같이 생긴 애가 사람을 죽였을 리 없잖아?
여 자	죽였어.
남 자	누굴?
여 자	많이.
남 자	(벌떡 일어나며) 너 연쇄살인범이야? 사이코패스 그런 거야? 거짓말이지? 지금 겁주려고 그러는 거지? (슬그머니 삽을 움켜쥔다)
여 자	(묶인 손을 보여주며) 겁먹을 거 없잖아?
남 자	내가 왜 겁을 내? 그런 황당한 말을 믿을 것 같아? (불안한 모습으로 서성이다가) 어떻게 죽였는데? 칼로 찔렀어? 목을 막 졸랐니? (생각하다가) 힘으로 죽이진 않았을 거야. 그럼 약 탔니? 차로 치었나? 아니면 청부살인?

여 자 (남자를 바라보다가) 기도.

남 자 뭐, 뭐라고?

여 자 기도로 죽였어.

남 자 (멍한 표정을 짓다가 크게 웃는다) 진짜 제정신이 아니구나? 죽여
달라고 할 때부터 알았어야 했는데, 그 말을 믿으라고? 기도?

여 자 당신은 기도한 적 없었나? 그 기도가 이루어진 적 단 한 번도
없었나?

남 자 (여전히 웃으며) 그래서 누굴 죽였는데?

여 자 다 기억할 수 없을 정도로 많이.

남 자 처음은 있을 거 아냐? (웃음기를 거두며) 그래서 처음이 누구
냐고?

여 자 그 여자. 나를 낳은, 그 여자.

남 자 뭐, 엄마? 진짜 엄마를 죽였다고? 왜?

여 자 날 버렸거든.

남 자 (충격 받은 표정) 버렸다고 엄마를 죽여?

여 자 부족한가? 죽을 만한 이유로?

남 자 당연히 부족하지, 아니 말이 안 되지. 어떻게 버렸다고 사람을
죽여?

여 자 찔리는 게 있는 모양이네?

남 자 (당황하며) 사정이 있었겠지. 버릴 땐 그럴 만한 사정이 있는 거
야.

여 자 어떤 사정이 있으면 사람이 사람을 버려도 되는 건데?

남 자 그걸 내가 어떻게 알아?

여 자 알고 있다고 생각했는데.

남 자 그게 무슨 말이야? 나는 절대 모르는 일이야.

여 자 (가증스럽다는 표정으로 남자를 한참 노려보다가) 그 여자, 밥솥 가

득 밥을 해 놓고 나가면 일주일, 열흘이 지나야 돌아왔어. 마치 일부러 밥이 바닥날 때를 기다렸던 것처럼. 그리고 다시 밥을 하기 시작하는 거야. 그럼 난 무서워졌어. 저 밥이 다 되면 다시 나가겠구나. 또 오랫동안 남겨지겠구나. 할머니와 여섯 살짜리 나는 밥을 아껴 먹으며 그 여자를 기다렸어. 그 여자를 기다리는 내가 너무 끔찍했지만, 그 많던 밥이 줄어드는 건 더 무서웠어. (사이) 그러다 더는 밥을 하는 것도 지겨워졌는지 그 여자, 보육원에 날 버렸어.

남 자　방치하는 것보다 잘된 일일지도 모르잖아?

여 자　(남자를 노려보며) 그럼 할머니도 같이 버렸어야지. 나랑 같이 보냈어야지!

남 자　(멍한 표정)

남 자　보육원에서 도망쳤어. 걷고 또 걸어 며칠 만에 집에 찾아왔는데 할머니, 할머니가… (사이) 쓰러져 있었어. 밥이 가득 차 있는 밥솥 앞에서.

남 자　서, 설마?

여 자　다리를 움직이지 못했거든.

남 자　뭐라고?

여 자　움직이진 못해도 사람이 배는 고픈 거잖아. 그런 거잖아? (감정이 격해지며) 할머니는 밥솥까지 기어갔어. 팔꿈치에 멍이 들고 무릎이 까져 피가 나도록. 겨우 거기까지 기어서 갔는데… (묶인 두 손을 뻗어 잡으려 하지만 너무 높아 닿지 않는다) 밥솥은 탁자 위에 있었거든. 그 여자, 습관처럼 밥솥을 높이 올려둔 거야. 할머니는 혼자서 일어날 수 없었는데 말이야.

남 자　아니지? 네가 일으켜서 밥을 먹였지? 그런 거지?

여 자　그때 할머니 눈에선, 구더기가 꿈틀거리고 있었어.

14

남자, 충격을 받아 비틀거리다 발을 헛디며 넘어진다.

남 자 (여자를 한참 바라보다가) 그래서 죽었니?

여 자 죽이지 않을 이유가 있나?

남 자 그래, 인정해. 그 상황이라면 누구라도 그런 생각을 할 수 있어. 하지만 겨우 여섯 살이었다면서? 그 어린애가 엄마를 어떻게 죽였냐고?

여 자 다시 그 여자 손에 이끌려 보육원에 버려졌을 때 난 간절히 기도했어. 죽어 버렸으면 좋겠다고. 그 여자 눈에도 구더기가 꿈틀거렸으면 좋겠다고. (사이) 그랬더니 그 여자, 정말 죽어 버렸어.

남 자 그게 기도 때문이라고?

여 자 응답 받았던 거야.

남 자 그건 우연이야. 그냥 어쩌다 벌어진 일이라고.

여 자 그런 기도를 하지 않았어도 그 여자, 죽었을까?

남 자 죽었을 거야. 끔찍한 죄를 지었으니까.

여 자 그래서 죽고 싶은 거야. 나도 죄를 지었거든.

남 자 버림받은 너는, 아무 죄가 없어.

여 자 더 많은 사람을 죽였는데도?

남 자 많은 사람? 몇 명이나?

여 자 서른? 서른다섯이었나?

남 자 (깜짝 놀란다) 아니지? 그냥 해보는 말이지?

여 자 몇 년 동안 기도를 하지 않아. 무서웠으니까. 나 때문에 누군가 죽는 건 그 여자가 마지막이었으면 했으니까. (사이) 보육원엔 나보다 두 살 어린 여자아이가 있었어. 또래보다 키도 작고 빼빼 마른… 그런데 언제부터 혼자 무언가를 몰래 먹는 눈치였어. 화가 났어. 나도 배고픈데, 모두 배고픈데 치사하게 혼자 먹는구나. 막 미워지더라고. 그래서 같이 먹자고 소리 질렀어. 나도 배고프다고.

남 자   (여자에게 가까이 다가온다)

여 자   언니, 나도 배고파. 거짓말. 정말이야. 그런데 왜 자꾸 배가 나와. 우리 모두 배가 고픈데, 넌 왜 배가 불러오는데?

남 자   (화난 표정으로) 몇 살이었는데? 그 아이 몇 살이었냐고!

여 자   어느 날, 원장이 그 아이 손을 잡고 어딜 다녀왔더라고. 그리고 거짓말같이 그 아이 배가 홀쭉하게 변해 있었어. 배고픈 내 배처럼. 그 아이가 미안한 얼굴로 그러더라. 원장님이 햄버거 사줬다. 그런데 너무 맛있어서 남겨오지 못했다고.

남 자   이런 미친.

여 자   그런데 다 알고 있었어. 나만 모르고 모두 다. 원장이 햄버거 사 준 아이가 더 많다는 것도 모두 다. (일어나며) 그래서 기도했어. 아주 간절히, 눈물로 기도했어. 다 죽여 주세요. 괴물 같은 원장을 죽여주시고, 알고 있던 사람들 모조리 죽여 주세요. 모른 척했던 인간들, 알면서 눈 감았던 그 모든 개자식들! (눈을 감고) 죽여 주시옵소서! 세상에서 가장 고통스럽게 죽여 주시옵소서! 한 놈도 빼지 않고 지옥불로 모두 태워 죽여 주시옵소서!

남 자   왜 이래? 정신 차려! (여자의 어깨를 잡는다)

그때, 번개와 요란한 천둥소리.
깜짝 놀라 여자를 밀어내고 주저앉는 남자.
하늘을 보며 울먹이던 여자가 조금씩 안정을 찾는다.

여 자   그날, 보육원에 불이 났어.

남 자 네가 그랬어? 그 불, 네가 지른 거냐고?

여 자 기도했을 뿐이야.

남 자 거짓말 마! 네가 그런 거잖아? 화가 나서 불 지른 거잖아!

여 자 당신도 이제 알잖아? 기도에 응답받았다는 걸.

남 자 (두려운 표정으로 여자를 바라보다가) 젠장, 믿을 뻔했잖아. (일어나 페트병의 물을 모두 마신다) 내가 그렇게 순진해 보여?

여 자 내가 죽고 나면 당신도 믿게 될 거야. 그때 당신의 표정을 못 보는 건 조금 아쉽네.

남 자 (하늘을 보고) 비 쏟아지기 전에 빨리 끝내자. 어떻게 끝내줄까?

여 자 최대한 고통스럽게. (구덩이 속으로 뛰어내린다)

남자, 삽으로 흙을 퍼 여자의 몸 위에 뿌린다.

구덩이는 점점 흙으로 차올라 여자의 허리까지 묻힌다.

남 자 (삽을 멈추며) 너 정말 독하구나? 이만하면 충분한 거 아냐? 정말 죽으려는 건 아니잖아?

여 자 너무 많은 죄를 지었어.

남 자 고해(告解)성사라도 하는 건가?

여 자 용서받으려는 거야.

남 자 틀렸어. 넌 절대 용서받을 수 없어. 잘못한 건 하나도 없으니까.

여 자 모두 내가 죽인 거야.

남 자 진짜 기도 때문이라고? 우연일 뿐이야. 아니, 정말 네 기도 때문이라고 해도, 그 사람들이 잘못한 거잖아? 용서를 빌어야 하는 건 그 사람들이라고. 그 상황이라면 누구도 참아선 안 되는 거야. 나라도 모두 죽어 버리라고 저주했을 거라고.

여 자 잘못이 아니라고? 그들이 죄인이라서?

남 자 그래, 그러니까 죄책감 가질 필요 없어.

여 자 죄 없는 사람이 죽었다면? 내 기도로 죄 없는 사람까지 죽게 만들었다면?

남 자 억지 부리지 마. 넌 그냥 죽을 핑계를 찾고 있을 뿐이라고!

여 자 (고개를 숙이며) 기도를 되돌릴 수 있다면, 바꿀 수만 있다면, 그때로 돌아가고 싶어.

남 자 죄책감에 이번엔 후회야? 도대체 무슨 일이 있었던 거니?

여 자 (눈을 감고 한참 생각하다가 미소를 짓는다) 나를 아껴준 사람이 있었어. 그냥 이유 없이 웃어주고 말없이 옆에 서 있던 사람. 내가 겪었던 일을 다 듣고도 따뜻하게 손잡아 주던 사람. 기도로 저질렀던 끔찍한 일들을 다 알면서도 눈물로 위로해 주던 사람. (눈을 뜨고) 이런 사람이라면 사랑할 수 있겠다. 세상을 원망하고 내 자신을 미워했던 모든 걸 잊어버리고, 나도 사랑받을 수 있겠다.

남 자 (안타까운 표정으로) 그런 사람을 왜? 그냥 잘 살았어야지, 행복했어야지?

여 자 내 마음을 고백하기로 마음먹었던 그날, 그 사람이 병원으로 나를 데려갔어. 거기엔, 뼈만 앙상하게 남은 여자가 누워 있었어. (사이) 그 사람의 아내가.

남 자 (어이없는 웃음) 그놈이 널 속였어? 넌 그것도 모르고 행복해지고 싶었는데? 그래서 기도했니? 널 갖고 논 그놈을 죽여 달라고?

여 자 (괴로운 표정으로) 차라리 그럴 걸 그랬어.

남 자 뭐라고? (생각하다가) 설마 그 여자? 그딴 놈과 행복해지려고 불쌍한 그 여자를?

여 자 그 사람이 눈만 뜨고 있는 아내 앞에서 날 사랑한다고 말했어.

결혼하자고도 속삭이더라? (사이) 그러니까 기도해 달라고. 아내가 빨리 죽을 수 있도록 당장 기도하라고.

남 자 (무릎 꿇고 여자의 어깨를 잡고 흔들며) 정말 그렇게 말했단 말이야? 아내를 죽여 달라고? 안 했지? 안 했잖아? 그런 기도는 하면 안 되는 거잖아!

여 자 (남자를 외면하며) 죄 없는 사람을 죽였다고 했잖아.

남 자 (주먹을 들어 여자의 얼굴을 때리려 하며) 네가 인간이라면, 그것만은 하지 말았어야지.

남자, 소리를 지르며 주먹으로 바닥을 내리친다.
몇 번의 주먹질을 멈추고 천천히 일어난다.

남 자 (비웃으며) 다 거짓말이지? 내가 널 죽이지 못할까 봐 지어낸 말이지? 넌 그냥 사는 게 지겨워진 나약한 인간일 뿐인데, 스스로 대단한 존재인 것처럼 꾸며 대고 있는 거잖아. 살인자? 죗값을 치러? 넌 그저 죽고 싶어서 날 이용하는 중이잖아!

남자, 삽을 들어 여자의 몸 위로 흙을 뿌린다.
한참 동안 정신없이 흙을 뿌리던 남자가 갑자기 멈춘다.

남 자 하나만 더 묻자. 왜 하필 나였니? 그냥 널 죽여 달라고 기도하지 왜 나였냐고? 왜 이렇게 힘들게 죽고 싶었던 건데?

여 자 더는 죽여 달라는 기도는 안 하기로 했으니까.

남 자 그러니까 왜 나냐고? 날 고른 이유가 있을 거 아냐?

여 자 기도로 그렇게 많은 사람을 죽였으니, 이번엔 살려야겠다고 생각했어. 기도로 반드시 사람을 살려야겠다. 그때 당신을 알게 됐어. 저 사람, 내가 살린다.

남 자   나를 살리겠다고?

여 자   번개탄을 들고 자동차에 타는 당신을 봤어.

남 자   (삽을 떨어뜨린다)

여 자   당신은 울고 있었어. 가족사진을 보면서 울고 있었다고. 그래서 기도했어. 살려달라고. 저 사람은 죽으면 절대 안 된다고. 나를 위해 반드시 살아 있어야 한다고.

남 자   (떨리는 목소리로) 정말 나를 봤어?

여 자   내 기도가 끝나자 당신은 차에서 내려 번개탄을 던져 버렸어. 그리고 전화를 하더라? 애들은 자? 뭐 필요한 거 없어?

남 자   (손으로 얼굴을 가리고 고개를 숙인다)

여 자   당신은 살아야 했어. 당신은 살아갈 이유가 없는 사람이 아니라, 살아갈 돈이 없는 사람일 뿐이었으니까.

남 자   (고개를 들고) 그래서 나를 살렸다고? 내가 지금 고마워해야 하는 건가? 죽어가는 날 살려주고, 이렇게 먹고 살 돈도 줬으니까?

여 자   당신은 돈이 필요했고, 나는 묻어줄 사람이 필요했을 뿐이야.

남자, 삽을 들어 흙을 뿌리기 시작한다.
그때, 요란한 소리를 내며 비가 내리기 시작한다.
우비의 모자를 쓰고 여자를 외면한 채 서둘러 흙을 뿌리는 남자.
어느새 여자의 목까지 흙이 차오른다.

남 자   이제 숨 쉬기 어려워질 거야. 지금이라도 원한다면, 여기서 멈출 수 있어.

여 자   당신, 참 한심한 사람이구나.

남 자	뭐라고?
여 자	번개탄에 불을 붙이지 못할 때 이미 알고 있었지만, 지금도 망설이고 있잖아. 한심하게도 말이야.
남 자	정말 죽고 싶어? 내가 못 할 거 같아? (삽을 들어 흙을 뿌리려 하다가 허공에서 멈춘다)
여 자	당신은 한심한데다가 비겁하고 나약한 인간이야. 원래 다른 사람 앞에서 눈도 제대로 마주치지 못하고 말도 제대로 하지 못하는 겁쟁이잖아.
남 자	정말 죽여 버린다?
여 자	무서워서 그러잖아? 두려워서 그러는 거잖아? 아닌 척하려고, 그렇게 나쁜 인간인 척 내게 말했던 거잖아?
남 자	그만해.
여 자	당신은 살아오면서 단 한 번도 그렇게 눈을 뜨고, 그렇게 무서운 목소리로 말한 적 없었어. 정말 사람을 죽이게 될까 봐, 지금 이 순간 가엾게도 떨고 있을 뿐이야.
남 자	내가 지금 무서워하는 것 같아?
여 자	당신은 누구보다 성실하게 살아왔다고 생각하잖아? 다른 사람에게 피해주지 않고, 다른 사람의 것을 욕심내지 않고. 가족이 이 세상의 전부라고 생각했잖아? 그런데 왜 그랬을까? 당신에게 왜 그런 불행이 찾아 왔을까? 스스로 목숨을 끊고 싶을 만큼 잘못한 일은 기억나지 않는데 왜 이렇게 힘이 든 걸까? 돈이 필요하다. 가족을 먹여 살릴 돈만 있다면 영혼이라도 팔 수 있을 텐데. 돈만 준다면 사람이라도 죽일 수 있을 것 같은데.
남 자	그만! 네가 뭘 안다고 함부로 지껄이는데?
여 자	돈 때문에 여기까지 끌려왔지만, 당신은 처음부터 날 죽일 마음은 없었어. 그냥 적당히 겁만 주고 끝내고 싶었을 거야. 그래

　　　　　도 괜찮겠지. 설마 진짜 죽여 달라는 건 아니겠지. 어떻게든 되
　　　　　겠지. 그런 안일한 생각이 당신을 바닥으로 끌어내린 거라고.

남 자　함부로 말하지 마! 진짜 죽여 버리는 수가 있어.

여 자　(비웃으며) 그러면서도 마음 한구석에는 두려움이 있었겠지. 혹
　　　　　시 마음이 변해 살려 달라고 하면 어쩌나? 그럼 돈을 돌려줘야
　　　　　하는 걸까?　이미 다 써버렸는데. 돌려 달라면 정말 죽여야 하
　　　　　나? 죽일 수도 살릴 수도 없는 당신은, 불쌍한 패배자야.

　　　　　남자, 여자 얼굴 위로 흙을 뿌리려다 허공으로 날려버린다.
　　　　　그리고 하늘을 향해 소리를 지르며 울분을 토한다.

남 자　(지금까지와는 다른 풀이 죽은 말투로) 날 이렇게까지 자극하면서
　　　　　죽고 싶은 이유가 뭡니까?

여 자　진짜 당신으로 돌아왔네?

남 자　그래요. 당신 말처럼 무서웠어요. 아무리 돈 때문이라지만, 사
　　　　　람을 죽이고 싶진 않았어요. 그런데 당신은 정말 죽고 싶어 하
　　　　　는군요.

여 자　알았으면 이젠 죽여줘.

남 자　아직 남아 있는 거죠? 진짜 죽고 싶은 이유. 아직 말하지 않은
　　　　　뭔가가 남았잖아요? 말해요. 들어야겠어요.

여 자　싫어.

남 자　듣기 전엔 난 아무 짓도 안 할 겁니다.

여 자　후회할 거야.

남 자　걱정 말아요. 후회는 벌써 하고 있으니까. 처음부터 당신을 만
　　　　　나지 말았어야 했는데.

여 자　(한참 생각하다가) 어떤 사람을 위한 내 마지막 기도, 그게 후

회돼.

남 자 이젠 살려 달라는 기도만 한다면서요? 그런데 무슨 후회를 한 다는 겁니까?

여 자 살려 달라고 기도했어. 그 사람, 영원히 죽지 않고 살려 달라고.

남 자 그게 왜 마음에 걸리는 거죠?

여 자 너무 끔찍한 기도였어. 그래서 난 지금 꼭 죽어야겠어. 내가 너 무 무서워졌거든. 내가 죽지 않는다면 얼마나 그 사람을 위해 무서운 기도를 더 하게 될지 두려우니까.

남 자 살려 달라는 기도가 왜 끔찍한 거냐고요?

여 자 말했잖아. 살아있는 게 더 무서울 때가 있다고.

남 자 난 모르겠어요. 도대체 살아있는 게 왜 그렇게 끔찍한 일이냐 고요?

여 자 그 사람, 가족밖에 모르는 사람이야. 가족을 위해서라면 무슨 일이라도 할 수 있는 사람. 그런데 웃기지? 그렇게 가족밖에 모르는 사람이 날 모른 척했어. 내 존재마저 까맣게 잊고 가족 을 위해 살고 있어. 나도 그 사람의 가족이 될 수 있었는데 말 이야.

남 자 누가 또 당신을 버린 겁니까?

여 자 그래서 그 사람, 영원히 살아있게 만들어 달라고 기도했어. 살 아서, 영원히 살아서, 끔찍한 고통받게 해 달라고. 사는 게 지 옥처럼 만들어 달라고. 그 사람이 살아가는 세상을 고통의 바 다(苦海)로 만들어 달라고.

남 자 뭐, 뭐라고요?

여 자 (무서운 목소리로) 그래서 죽지 못함을 후회하도록, 나를 버린 그 고통 속에서 영원히 살아가도록. 그 사람이 끔찍이 여기 는 가족을 볼 때마다 내 얼굴을 떠올리며 지옥 속에서 살아가도록.

남 자 누굽니까? 그렇게 미워하는 그 사람이 누구냐고요?

여 자 (미친 듯이 웃다가 노래를 부른다) 즐거운 곳에서는 날 오라 하여
도, 내 쉴 곳은 작은 집 내 집뿐이리.

여자, 허밍으로 노래를 계속 하다가 휘파람을 불기 시작한다.
여자의 휘파람은 고막을 찢을 듯 괴기스럽다.
남자, 두 손으로 귀를 막으며 괴로워한다.
그런 남자의 모습을 바라보며 큰 소리로 웃는 여자.
더욱 소리 높여 휘파람을 분다.

남 자 (귀를 막고 비틀거리며) 정말 무서운 사람이군요. 당신은, 넌, 괴
물이야.

남자, 삽을 들어 여자의 얼굴 위로 미친 듯이 흙을 뿌린다.
여자의 휘파람 소리가 점점 작아지다 멈춘다.
번개와 천둥, 암전.

무대 밝아지면, 구덩이는 모두 메워지고 그 위에 남자 혼자 서 있다.
담배를 꺼내 입에 무는 남자.
아까 던져버렸던 라이터를 찾아 불을 붙이려 하지만 여전히 고장 난 상
태.
담배를 담뱃갑에 넣으려다 그 속에서 쪽지를 발견한다.
쪽지를 꺼내 휴대폰 불빛으로 비추는 남자의 얼굴이 점점 일그러진다.
그러다 갑자기 삽으로 구덩이를 파기 시작한다.

남 자   안 돼! 제발 죽으면 안 돼! 안 된다고!

남자, 미친 듯이 절규하더니 삽을 내던지고 손으로 구덩이를 판다.
암전.

무대 밝아지면, 남자가 구덩이 속에서 여자를 안고 오열하고 있다.
'즐거운 나의 집' 첼로 연주곡이 흐른다.
음산하면서도 무거운 첼로 소리 점점 고조되다가 조금 작아진다.

여 자   (소리) 정말 내 기도로 그 많은 사람이 불행해졌는지 잘 모르겠
습니다. 우연이었을까, 아님 정말로 그들을 죽인 것이었을까?
하지만 모두 내 잘못입니다. 그래서 이렇게 죽음으로 용서를
빕니다. (사이) 마지막으로 죄를 하나 더 짓겠습니다. 이 기도만
은 꼭 이루어지기를 바랍니다. (사이) 그 사람이 영원히 살았으
면 좋겠습니다. 끝없는 고통의 바다에서 살아가기를, 숨 쉬는
게 지옥처럼 느껴지기를. 왜냐하면 그 사람은, 나를 처음 버린
사람이니까요. 내가 태어나기 전부터 날 버린 사람. 그리고 내
존재조차 모르는 사람. (사이) 할머니도, 나를 버린 엄마도, 불
에 타버린 보육원 사람들도, 그리고 죄 없는 그 남자의 아내
도… 그들이 죽은 것은 모두 그 사람 때문입니다. 그 사람이 날
버리지 않았다면, 내 기도는 시작되지 않았을 테니까요. (사이)
마지막 기도는 반드시 이루어질 것입니다. 어떻게 아냐고요?
당신이 이 편지를 읽었다면 내 기도는 이미 응답받았습니다.
(사이) 나를 처음 버린 사람, 나를 산 채로 묻은 사람, 자식을
제 손으로 죽인 사람, 그 사람, 당신, 내 아버지께.

번개와 천둥.

남자의 오열 점점 커지고, 음악도 고조된다.

암전.

끝.

　제가 다녔던 고등학교는 그때나 지금이나 최고의 입시 명문학교로 손꼽히는 곳입니다. 2학년 때인가, 가정환경조사를 하면서 장래희망을 적는 칸이 있었습니다. 친구와 함께 한창 대학로를 누비며 연극 관람에 빠져 있던 저는 별다른 망설임 없이 '연극 연출가'라고 적었는데 담임선생님께서 따로 호출을 하시더군요. 전교생 중에 이런 장래희망을 적은 사람은 너 하나라면서 한심한 표정을 지으셨습니다.

　신춘문예 당선 전화를 받고 갑자기 그때 생각이 떠올랐습니다. 그런 꿈을 꾸던 시절도 있었구나. 그리고 오랜 시간 동안 생활에 지치고 세상과 타협하며 살아왔던, 그리고 너무 나태했던 시간들을 반성했습니다. 한편으론 너무 늦었지만 이제라도 꿈을 찾아 제자리로 돌아갈 수 있는 길이 보이기 시작했다는 안도감도 들었습니다. 신춘문예 당선이라는 좋은 기회를 얻은 만큼 더 치열하게 고민하고 좋은 글을 써야겠다는 다짐을 마음에 새긴 하루였습니다.

　부족한 제 작품을 선정해 주신 심사위원 여러분께 깊은 감사를 드립니다. 그리고 오랜 시간 동안 문학의 끈을 놓지 않도록 저를 격려해 준 영하 형에게도 고맙다는 인사를 하고 싶습니다. 끝으로 항상 절 아껴주고 위로해 주고 사랑해 준 아내, 성실이에게 이 모든 영광을 돌리고 싶습니다.

"탄탄한 극적 구성력·긴장감 있는 대사 돋보여"

시인이나 소설가와 달리 희곡 작가는 문학 수업과 아울러 반드시 연극적 미학에 대한 탐구 노력을 병행해야 한다. 희곡의 대사는 극적 흐름 속의 대화로서 시적 절제미가 그 생명이어서 소설보다는 오히려 시에 가까운 법인데, 그냥 재치 있는 말장난을 대사로 여기려 든 경우가 허다한 것 같았다.

무대 위에 전개될 사건이나 스토리는 객관화해야 함에도 불구하고, 작가 자신의 관념적 유희나 편견 내지 어떤 선입견에 의탁한 넋두리들을 막무가내 식으로 나열하거나 강조하려는 경향을 띠었다.

〈침대 택시〉는 감동적인 요소의 결여가 아쉬움으로 남았고, 〈유토피아〉의 경우에는 작가의 의도가 너무 노골적으로 드러나 있다는 점이 결점이라고 들 수 있을 것 같다.

당선작 〈고해(告解), 고해(苦海)〉는 깔끔하고 심플한 2인극임에도 불구하고 작품 속에 응축되어 있는 중량감이 결코 만만치 않아 심사위원의 마음을 움직였다.

복수라는 극적 시추에이션에 살인청부 행위를 무대상의 사건으로 채택한 이 작품은 우선 극적 구성력이 탄탄한 데다 팽팽한 긴장감을 끝까지 이끌고 가는 대사의 구사력이 돋보였는가 하면, 아주 능청스럽게도 마지막 대사 한마디에 작가 자신의 시니컬한 사회의식까지 얹어 놓은 수법 등이 무척 탁월하게 느껴졌다.

심사위원 김영무 (극작가, 방송작가)

동아일보 희곡 부문 당선작

발판 끝에 매달린 두 편의 동화

■

최상운

1985년 서울시 영등포구 출생
국민대학교 국어국문학과 졸

1경(勞童話) 호이스트

등장인물[1]
재형, 정섭, 형민/안전요원

무대
한가운데 비계[2]가 서 있다. 오른편엔 이동식 잭이 있다. 잭 위에는 가슴
팍 높이까지 가지런히 자재(9.5T 900*1800 석고보드, 가장 위의 첫 장만
실물이다)가, 굄목을 댄 채 불투명 비닐로 덮여 있다.

---

[1] 인부들은 안전고리, 노란 형광조끼, 안전화, 베임 방지 장갑, 이름과 혈액형 스티커
붙은 안전모를 갖춘다. 안전요원은 고리 없이 옷은 검정, 안전모는 하양, 조끼는 주
황색이다. 전재형은 실제 여성이지만 무대 위에 완전한 젊은 남성으로서 존재한다.
그의 장갑만 빨간 목장갑이다. 안전요원과 박형민 팀장은 동일인물이지만, 등장할
때마다 완전히 다른 개성을 나타낸다.

[2] 건설현장에서 '아시바(족장)'라 불리는, 파이프와 발판과 사다리를 조립한 이동식 비
계다. 발판의 높이는 성인 허리춤에 못 미친다. 올라선 사람의 허리께까지 오는 난
간을 삼면에 두른다.

오후. 이정섭이 자재를 등지고 앉아, 장갑 벗은 채 핸드폰을 만지고 있다. 조명이 들면 전재형이 양손 각각 공구함과 경광봉을 들고 왼편에서 등장한다. 힘겹게 비계 오른쪽까지 와 공구함을 놓고, 여기저기 기웃거리며 한 바퀴 돈다. 정섭을 발견하고 재빨리 그리로 간다.

재형   (촐싹대며3)) 정섭이 형, 왜 또 짱박혀 있어요. 나 물건 찾으러 보내놓고서, 어디 가버린 줄 알았잖아요. 그럼 저 혼자 어쩌라고요. 전 말귀도 못 알아먹는데, 팀장님 오더는 형이 받는데, 저 혼자 얼마나 불안해요. 샵장, 그러니까 우리 팀 작업도구 모아놓은 구역에서, 혼자 이것저것 뒤적이기도 얼마나 적적했는데요. 그래도 봐요. 다 챙겨왔어요. (공구함에서 나사 자루를 하나하나 들춰 보이며) 가장자리 재단할 때 쥐꼬리톱이랑 망치 있고요, 여기 쓰리피스 박는 7.5미리에요. 이 정도 있으면, 여기 벽 한 면 다 박고도 남을 거예요. 이렇게 작아도, 지탱 못하는 게 없는 콩피스도 한 자루 있어요. 콩피스? 콘피스? 이름이 왜 그렇게 붙었어요? 콩알만 해서 그런가요? 옥수수처럼 원뿔이라 콘피스인가요? 한번 확실히 듣고 나면 아- 할 것 같은데, 사람마다 발음이 달라요. 형, 이거 원래 이름이 콩피스예요, 콘피스예요? (정섭 무반응) 형, 화났어요? 제가 좀 늦기는 했죠. 아직도 눈으로 봐선 구분도 못 하니까, 일일이 살펴보느라고요. 맨날 저 기다리느라 답답하시죠. 그래도 화나서 어디로 가버리시면 안 돼요. 그럼 제가 형을 도와드릴 수 없잖아요.

정섭   (재형 대사 중에 계속 핸드폰만 만지며 무심히) 난 너 없이도 혼자

---

3) 특히 건설현장의 세부에 대해 말할 때마다, 평소보다 더해 거의 환희에 차 구연하듯 한다. 그가 말하는 '그러니까'는 모종의 은근한 강세를 띠고 구사되는 것으로써, 대본상론 거의 매번 작은따옴표를 붙여야 하지만 이하 표기는 생략한다.

작업할 수 있어. 왔다갔다 번거롭고 시간 걸릴 뿐이지. 근데 네가 날 돕느라 걸리는 시간이, 나 혼자 시간보다 더 걸리면 어떻게 되는 거야. 꼭 네가 도와주게 하려고, 그걸 위해서 작업하는 거 같다.

재형 에이, 형 또 괜히 그러신다. 저 노력 많이 하는 거 알잖아요. 일머리 타고나지 않았는데 어쩌겠어요. 대신 죽기 살기로 구른다고요. 그래야 쫓겨나지도 않죠.

정섭 소장은 그럴 생각 없을걸. 한 사람이라도 현장에 집어넣어야 득이 되니까. 팀장도 그래. 지금 공기工期는 빠듯한데 사람이 없으니, 일단 투입하고 보는 거야.

재형 그럼 TBM, 그러니까 아침조회 후에 왜 절 픽pick하셨어요. 저랑 그래도 잘 맞는 점이 있어서잖아요?

정섭 박 팀장, 정 반장, 심 반장이 잘하는 애들 먼저 데려가잖아. 난 남은 애들이랑 해야지.

재형 어? 오늘 정 반장님, 심 반장님 게이트에서 음주 걸린 거 모르세요? 아예 조회 오지도 못하셨는데. 왜 모르는 것처럼 말씀하세요.

정섭 우리 팀이 몇 명인데, 하나하나 오는지 마는지 관심 가질 건 또 뭐야.

재형 어제 숙소 거실에서 밤새 떠들썩하니 한잔 하시더니─ 전 이렇게 될 줄 알았죠.

정섭 진짜? 너 여기서 그 사람들이랑 같이 이러고 있을 줄 알았다고?

재형 아뇨, 그 알았다는 게 아니잖아요. 저야 뭐, 그렇고 그런─ 사람인데, 여기 반장님들처럼 다양하고 재밌는 분들이랑 엮일 기회가 있었겠어요. 형만 해도 그래요. 공장 조금 다니시다가, 그만두고 피자집인지 뭔지 배달하던 중에 거기 인수까지 하시고─

무슨 시험도 잠깐 준비해봤다 하셨죠? 그리고 지금은 저랑 여기서 작업 대기하고 있으시고요.

정섭은 재형이 자기 얘기를 시작하자, 대사가 끝나고도 계속 그를 빤히 바라본다. 재형의 웃음이 경직돼 간다. 왼편에서 안전요원 등장. 느긋하게 사방을 둘러보며, 어슬렁어슬렁 비계를 한 바퀴 돌아 왼편으로 온다. 정섭이 일찌감치 기척을 느끼고 핸드폰을 넣고 장갑을 끼며 털고 일어난다. 재형은 하는 것 없이 부산을 떨며, 정섭에게 괜한 신호를 보내기도 하는 등 불안해한다. 정섭은 외면한 채 딴전 피울 동안, 안전요원이 자재를 잠시 본다.

안전　　(재형에게) 이거 뭐예요?
재형　　(어색하게) 대기 중인 거예요. 7층이랑 여기랑 어디 먼저 작업할지 지시가 안 떨어졌대요. 위에부터 하기로 하면 바로 올려야죠, (왼편 너머 가리키며) 저기 저걸로요.
안전　　(둘러보며, 혼잣말처럼) 애매하게 여기다 둬도 되나. 렌탈 왔다갔다하는 덴데―
재형　　아, 렌탈, 그러니까 배터리 충전해서 타고 다니는, 이동 작업대 말이죠? 여기저기서 올라갔다 내려가고 하는 거 보면, 꼭 게가 집게로 허공에다 밥을 먹이는 것 같아요. (안전요원이 별스럽다는 듯 쳐다보자 위축된다) 물론 제가 운전했다는 건 아니고요. 자격증 없으면 금지니까요. 딸 생각도 안 해 봤어요.
안전　　(재형의 손을 가리키며) 그 장갑 뭐예요? 못 쓰게 된 거 몰라요?
재형　　(손을 사리며) 저는 재단, 그러니까 커터 칼로 석고를 자른다거나 안 해요. 제가 하면 꼭 치수가 틀려서, 애초에 아무도 안 시키거든요. 애초에 날 서 있는 걸 만질 일이 없으니까― 괜찮죠?

	저는 일단 자재 지키다가, (정섭 가리키며) 다른 분이 렌탈 몰고 오면, (경광봉을 내보인다) 유도원 하려고 여기 있는 거예요. 그러니까 렌탈 동선 살피면서, 사고 안 나게 주의하는 일요.
안전	(재형의 안전모 가리키며) 유도원이면 따로 유도원 하이바를 써야죠. 조끼도 그렇고-
재형	그게, 렌탈 필요 없을 수도 있고, 그럼 일반 안전모만 쓰고 작업해야 하잖아요. 아직 어떻게 될지 몰라서요. 필요하게 되면 꼭 제대로 갖추고 하겠습니다.

안전요원 재형을 훑어보더니 왼편으로 퇴장. 재형은 안전요원이 퇴장하고 나서도 잠시 가는 길을 바라본다. 정섭 주저앉아 장갑 벗고 핸드폰을 만진다.

재형	하여튼 저 인간들! 어디 트집 하나 잡아다가 식권 삥 뜯으려고 저러지. 그러니까 업체에서 식대 대신, 현장 매점에서만 쓰게 지급한 상품권 있잖아요. 그걸로 빵 사먹으려는 게 아니라, 쟤네한텐 그걸 현금으로 바꾸는 수가 있대요.
정섭	쟤네가 식권 받고 봐주니까 그렇지, 아니면 잘못하는 대로 퇴출이야, 우리는.
재형	하긴 수칙 안 지켰다고 다 집에 보내면, 공사할 사람이 남아나겠어요. 그게 다 어쩔 수 없는 세상의 법칙인데, 이 현장이라고 피해 가란 법 없겠죠. 하지만 제가 맘에 안 드는 건 다른 거예요. 쟤네들 평소엔 현장의 하이에나처럼 어슬렁거리다가, 웬일로 숨이 턱에 차서 어디론가 달려갈 때가 있잖아요. 그다음엔 시끌벅적하던 현장이 조용해져요. 그곳에서 뭔가가 퍼져나간 거예요. 그러면 모두, 아무것도 보지도 듣지도 못하는 사람이

돼요.

정섭   진짜? 난 여태 그런 적 없었는데, 넌 일한 지 얼마나 됐다고. 그게 정말이야? (침묵) 건너 듣기라도 했어? (침묵) 왜 있지도 않은 일을 갖고 말질을 하냐, 분위기 썰렁하게.

재형   (잠시 어색해하다) 아, 그러게요. 매일 떡이 되도록 바쁘다가, 모처럼 아무것도 안 하고 꿀 빠는 것도 참 허한데요. 이러다 우리 박 팀장님, 소리 고래고래 지르면서 튀어나오면 어째요? "다들 바빠 죽는데, 말 없으면 눈치껏 올라와서 거들든가, 니들만 여 숨어서 놀고 자빠졌나" 하면서요.

정섭   그냥 있을래. 나는 계속 여기 기다렸잖아. 잊히면 잊어버린 쪽 잘못이지.

재형   그럼 전 원래 어리바리한 데서, 더 어리바리한 척하면서 이래야죠. "몸만 가면 소용없잖아요. 석고부터 올리려는데, 호이스트가 안 잡혀서요." (왼편을 보며) 그러니까, 도르래로 감아올렸다 내렸다가 하는, 고층 현장 화물 승강기 말이에요. 사실 걱정은 되는 게, 안 잡히면 어쩌죠? 저걸로 올라가면 편하겠다, 하는데 타 본 기억이 없거든요. 형은요?

정섭   그게 무슨 엘리베이터인 줄 아냐. 몸뚱이만 덜렁 가니까 못 타지. 지금같이 바쁜 때엔, 어지간히 무거운 거 양중 아니면 바라지를 마.

재형   양중? 그러니까, 자재를 한꺼번에 올리고 나르고 하는 거 말이죠. 근데 어떤 자재라도, 사람보다 무거운 게 있어요? (사이. 점점 도취되어) 헤헤, 방금은 말도 안 되는 얘기한 거 알아요. 일부러 해본 소리예요. 살을 암만 돼지처럼 찌워서 무거워진들, 제 앞에서 세워주진 않겠죠. 살 뺄 겸 걸어가라고 욕이나 할 거예요. 그러니까 더 타보고 싶은 거죠.

정섭   막상 별 거 없어. 좀 심하게 덜컹거리는 엘리베이터야.

재형   대신 사방이 뻥 뚫렸잖아요. 우린 종일 꽉 막힌 데에서 일하고요. 하늘 좀 보고 싶어요. 낮 동안이면 파래서 좋고, 야근 있는 밤이면 이슥하니 깊어서 좋은 하늘이요.

정섭   너 혼자 퇴근 안 해? 내려가서 실컷 볼 건데 뭘.

재형   의미가 다를 거예요, 이 석고 가루랑 쇳밥 날리는 현장에서 보는 하늘은요. 그러니까, 사는 게 이 현장처럼 거칠고, 위협적이기만 한데- 거기서도 모두에게 탁 트여 있는 하늘은, 어, 그러니까, 희망이나, 이유나, 하다못해 그저 긍정이나 무슨 얘기 하려는지 아시죠?

정섭   아니, 전혀 모르겠는데. 넌 여기 현장 얘기를 하는 것 같지가 않아.

재형   저도 모르겠어요. 하지만 저 호이스트 철망이 제 앞에서 철커덩하고 열리는 날, 모든 걸 알게 될 것만 같아요. 제가 여기 왜 있는지, 다른 사람들은 왜 있는지 말이에요, 형도요.

정섭   난 좀 빼주라. 안다는 건, 어쩔 수 없는 것에 핑계를 대고 싶은 거야. 그러느니 모른 채로 있을래.

재형   실현될 수 없는 꿈이죠. 전 그 길이 왜 막혔는지 알아요. 벌이잖아요. 누가 주는지도 모른 채, 그저 받는 사람만 있는 벌을 우리 다 같이 받는 중이잖아요.

정섭   받으려면 혼자 받지, 왜 네 멋대로 나까지 죄인으로 만들어?

재형   (주변을 맴돌며 허공에 호소하듯) 그러니 말이죠. 우리가 원해서 이렇게 됐어요? 천하장사는커녕, 그냥 몸 건강하게만 태어난 게 뭐가 잘나서요? 평범한 사람들은 손일에 아기자기한 재미를 느끼면 안 돼요? 땀구멍에서 땀 한 방울 비집고 나올 때, 자칫 상쾌함을 느낀 순간 영원한 축복을 받은 거예요?

정섭   넌 몸도 약하고, 손재주도 없고, 맨날 힘들어 죽잖아.

재형   (무시하고) 시험지 위에다 사각사각 사각거리는 건, 드릴의 진동에 비하면 전혀 실감이 안 나요. 그깟 눈에 보이지도 않는 분필 선- 그 위에 서기를 점잖게 경멸한 게, 얼마나 대단한 자질과 권리를 타고난 거라고요. 세상의 구석진 곳에서, 손으로 만질 수 있는 일- 그러니까 진실한 일을 한다는 숭고한 책임을, 왜 우리들만 짊어져야 할까요. 아, 전 지쳤어요. 부러움으로 그렁그렁한 사람들의 그 눈망울- 전 더는 마주하기가 힘들어요.

정섭   여기 수천 명 몇 달 동안 지은 것보다, 너 혼자 지은 건물이 더 큰 거 같다.

재형   (비계 주변 맴돌며) 맞아요, 전부 세상이란 건물을 지어요. 먼저 기반 다져놓은 데다 빔, 그러니까 굵은 쇠기둥을 박아서 뼈대를 심죠. 그 사이마다 12.5밀리 석고보드를 세워요. 반장님들이 너비 따라 계산해서, 딱 맞게 분배하시는 거 보면 신기해 죽겠어요. 아, 물론 구획마다 런너, 그러니까 양 날개 길이가 같냐 다르냐로 C랑 J런너로 쓰임이 달라지는, 넓은 철판 레일로 경계를 정해야지요. 여기까지를 골조 작업이라 불러요.

정섭   너 지금 누구한테 설명하는 거냐.

재형   다음엔 제일 재밌는 거예요. 먼저보다 얇은 9.5밀리 석고를 골조 위에 세 번 겹쳐 박아요. 그래서 쓰리피스라는 거겠죠. 이걸 층마다 반씩 엇갈리게 해서, 서로를 지지하게 하는 거예요. 듣기만 해도 오밀조밀하고 의미심장하지 않아요? 하지만 보온 단열재 차례가 오면, 모두가 괴로워하죠. 암면, 그러니까 유리섬유라고 썩은 카스텔라 같은 스펀지 블록을 끼우는데, 이게 아주 개 씹 좆같아요. 보이지도 않는 매캐한 가루가 피부에 온통 박혀서, 암만 샤워해도 씻어지지가 않거든요. 마지막 고비로

SGP, 그러니까 얇은 석고에 철판을 씌운 자재가 있어요. 근데 SGP가 뭐의 약자죠? S는 석고의 S고, P는 판넬이겠고, 나머지 G는 지랄맞다의 G일 거예요. 모서리 날카로워서 스치면 찢어지는데다, 잘못 들면 휘어서 못쓰거든요. 아무튼 그것까지 덧대면, 내벽 작업이 일단은 마무리되죠. 마침내 그 벽들이 쌓여서 세상이 지어지는 거고요. 우리가 늘 그냥 있는가보다 하고 지나치는 벽 뒤에, 이런 구조와 체계가 있었다고 생각해보면- 정말 신비롭지 않으세요?

정섭 그런 거 아무도 궁금해 하지 않아.

재형 (비계를 오르며) 그럴 리가요. 이건 보이고 만져지는, 있는 그대로의 세계잖아요. 여기가 아니면 사람이 어떻게 자기 사는 세계를 체험할 수 있겠어요. 그래서 지금도 다들 손에 땀을 쥐고, 침은 바싹바싹 말라가며 궁금해 죽을 지경이라고요. 그러면서 왜 현장으로 수학여행을 오지는 않는 걸까요? 유도원이 안전한 동선 따라 "참새 짹짹, 돼지 꿀꿀" 인솔하면 되잖아요. 끝나고 가면서 반장님들한테 사인도 받고.

정섭 뭐? (코웃음 치며) 정 반장, 심 반장 같은 사람들 사인?

재형 (널리 내다보며) 젊어서 물장사 하셨다던 정 반장님- 농담인지 진담인지 돈 많은 과부 하나 무는 거, 그게 남은 인생 목표라고 하시던데. 멀리서 오신 심 반장님은 처음엔 그런 줄도 몰랐어요. 생긴 거부터, 말하는 게 우리랑 똑같잖아요. 숙소에서 가족이랑 '쏼라쏼라' 통화할 때 그렇구나 했죠. 누구보다 박 팀장님, 예전에 선수 하시다 사고 나서 이 길로 드셨다는 박형민 팀장님도 빼놓을 수 없죠. 겉은 거칠지만 속마음만은 자상한, 옛날식 사나이의 표본이잖아요. 여기 아닌 인간들은 그냥 가짜고 딴따라예요. 이왕이면 진짜 슈퍼스타한테 사인을 받아야죠.

정섭	그래서 다들 "나중에 저렇게 된다, 저렇게 된다" 하는 건가.
재형	바로 그거예요. 자기 스스로 되새기는 주문 같은 거죠. "나도 나중에 저렇게 되자, 우리 모두 이 다음에 저렇게 되고 말 거야" 쉴 새 없이 다짐하는 거죠. 그게 모두에게 허락된 행운이 아니니까, 결국 많은 사람들을 실망시키기도 하지만요. 그래도 어떻게 안 그럴 수 있겠어요. 사람 사는 모든 건축물은, 저 반장님들의 노래가 적힌 시집인데.
정섭	너 그렇게 입 놀리다 보면, 부끄러운 생각 안 드냐.
재형	(퍼뜩 정색하여 잠시 멍하니 있다) 형, 그게 무슨 엉뚱한 소리예요. (사이) 없잖아요. (팔 내두르며) 여기 그런 사람들 아무도 없잖아요. 그 사람들이 여기 왜 있어요. 다 딴 데 가 있지, 한 명도 없을 게 뻔하잖아요. 더구나 좋은 얘길 했으면 했지, 욕을 한 것도 아닌데 그게 뭐가 부끄러워요. 어차피 지금 알지도 못하고 있을 텐데- 지금은 우리끼리잖아요. 형이랑 저 사이에 그런 얘기도 못 해요?

정섭 핸드폰 넣고 장갑 낀 다음 재형을 외면한 채 일어선다.

재형	어디 가세요. (침묵) 올라오래요? (침묵) 같이 가요.
정섭	다 가버리면 여긴 누가 있어.
재형	그럼 제가 갈게, 형 쉬세요. 오전 타임에 고생 많이 하셨잖아요. (내려오려 한다)
정섭	아서- 혼자 할 줄 아는 거 아무것도 없으면서, 네가 어딜 가서 뭘 어쩐다고. (오른편으로 돌아선다)
재형	팀장님 오기 전까진 기다리고 있어요.
정섭	싫어- 그거 싫은데.

재형   아깐 그냥 있겠다고 하셨잖아요. 뭐 하려요. (사이. 정섭이 몇 발 짝 내딛는다) 형, 정섭이 형. 제가 싫어서 그런 거죠. 그러시면 안 돼요. 제가 평소에 얼마나 형한테 미안해하는데요.

정섭   (멈춰선 채) 아니, 하지 마.

재형   하지만 몸이 안 따라주는 걸 어떡해요. 저도 저 자신이 답답해요. 늘 함께 하고 싶거든요. 쪼그린 채 몇 모금에 줄담배 후딱 피우고도 싶고, 온갖 기상천외한 전문용어들 상스럽게 내뱉고도 싶고, 끝난 다음 함바집 가서 찌개 한 냄비에 소주 댓 병 까고 신트림 늘어지게 하고 싶었단 말이에요. 그러다 이따금씩 좋은 데 가서 몸도 좀 풀고요. 그러니까, 아시죠? 우리 생활이란 게, 원체 굳건한 사내조차 외롭게 하잖아요.

정섭   그만, 그만 하라고.

재형   그래서 더 미안해요. 저는 어쨌든 못 하니까요. 지금 안 하고 있고, 앞으로도 어찌 될지 모르니까요. 이 세상 보람찬 사업을 다 같이 참여하면, 모두가 얼마나 좋겠어요. 반장님들처럼 그리고 형처럼- 강인하고 머리회전이 빠르지 못하니까, 저만치 양보하고 입맛만 다시는 거죠. 그 찬란한 빛 속에 쓸쓸히 남겨둬서 미안해요. 분발할게요. 그동안 할 수 있는 게 미안해하는 것뿐이라, 더 미안하지만요.

정섭   그거, 내 앞에서 다른 건 몰라도, 그것만 하지 마. 미안하다던가 뭐 그딴 거- (몇 발짝 내딛는다)

재형   제가 언제 형한테 대가라곤 식권 한 장 바랐어요? 알아주지 않으셔도 돼요. 그저 놔두세요. 제가 실컷 미안해하게 내버려 두시라고요. 그럼 저는 모든 걸 '있는 것처럼' 만들게요. 접때 우리가 저 각파이프 똑바로 세워서, 우뚝한 기둥을 만든 것처럼요. 물론 그냥은 안 되죠. 요꾸라고, 그러니까 현장에 남은 일본어 잔재인데, 좌우 양 날개를 달아야 해요. 그 의미를 아시겠어요? 이것만은 육각볼트로 드릴 팁이 나가도록 박는답니다. 혹 길이가 넘으면 톱으로 잘라야죠. 톱도 그냥 톱이 아니고 충전 배터리로 돌리는 전기톱이에요. 그걸 카시오? 혹은 컷소기라고들 하는데, 진짜 이름은 과연 뭘까요. 알고 싶지만, 보안경 착용이 먼저죠. 우리 팀 막내 태호 있잖아요. 친구들끼리 사업하다 망해서 빚 갚으러 온 친구요. 전에 각파이프 썰다 쇳가루가 튀어서, 큰일 날 뻔했다고요. 하마터면 TBM, 이거 얘기 안 했죠? 그러니까 운동장에 모아 놓고 하는 조횐데, 전날 사건사고 주의시키기도 해요. 거기 등장할 뻔했다니까요.

정섭 (재형의 대사 시작된 후 같이 말해, 두 대사의 끝을 거의 맞춘다. 제자리 서성이며 외듯 하여) 나는 숙소에 일어나면 셔틀 타고 현장 와서 매점 조식 먹고 오전 일하다 매점 점심 먹고 컨테이너 휴게실 낮잠 한 숨 자고는 화장실 갔다가 다시 현장 와서 오후 일 있으면 하고 클린데이면 대청소하고 서너 시간 연장 잡히면 1.5공수 예닐곱 시간이면 두 대가리 채우고 가끔가다 다음 날 아침까지 철야하면 4공수인데 그럼 다음 날 의무적으로 쉬고 셔틀 타고 숙소 오면 씻고 요기 좀 하든 폰으로 뭘 좀 보든 하다못해 헛헛할 참이면 정처 없이 읍내 시내 구경 좀 하고 잡화점에서 별 쓸데없는 병든 원숭이 보기도 사기도 하고 영화관은 너무 번거롭고 대형 창고 마트 가서 이리저리 원숭이 외로워 쭉 구경하다가 걷기가 일하기보다 힘들 참이면 다시 터덜터덜 돌아간다. (몇 발짝 움직여 비계 옆을 지나친다)

재형 (발판에 엎드려 절박하게) 그래도 어디 가세요. 아직 TBM 얘기 끝까지 못해드렸어요. 그러니까 마지막엔 다들 민망한 구호를 외치면서 끝난단 말이에요, 이렇게- "구호 준비! 안전고리 좋아!" (난간 너머로 팔 뻗어 정섭의 안전고리에 자신의 고리를 체결하며 발악하듯) "좋아! 좋아! 좋아!"

정섭 가만히 재형의 고리를 풀어 난간에 체결한다. 자기 안전모에 이름 적힌 스티커를 떼어, 재형의 안전모 위, 이름 위치에 살짝 어긋나게 붙인다. 터덜터덜 오른편으로 퇴장.

재형   (일어서서 오른편 향해, 비아냥조에서 점점 악에 받쳐) 헛수고하시는 거예요. 형은 아무 데도 못 가요. 형이 일도 지지리 못 하는 저를 고르시는 게, 그 때문 아니었어요? 형은 입이 없잖아요. 어디 떨어지고 깔리고 찔리고 처박혀도 말 한마디 못하잖아요. 그러니 사실은 제 쪽에서 형을 고른 게 되는 거죠. 저마저 입을 다물어 봐요. 세상의 그림자에서 피어나는, 이 현장이란 우리들 정원도 없어지는 거라고요. 그럼 어째요. 모든 일하기가 먹고살기를 넘어선 형벌이 되겠죠. 뭔가 죄를 짓지 않고서야, 도저히 저런 일을 할 리가 없다고, 그러니 네가 힘들수록 더욱 조져놔야겠다고- 하늘을 대신하여 서로가 하는 일을 심판하고 만단 말이에요. 그러니 모두의 마음을 한 점으로 모아 모아서, 선망하고 사모할 부류의 사람들이 있어야죠. 미래에 건물을 무슨 레고 쌓듯 쉽게 짓게 돼도, 그럼 뭐 해요? 저랑 형, 그러니까 우리 없이는, 건물보다 긴밀한 무언가가 무너져 내리잖아요. 그러니 갈 테면 가세요. 얼마든지 가보시라고요. 저는 쉴 새 없이 이름들을 꽃피워서, 형을 다시 이리로 불러낼 거니까요.

재형의 대사 중간에 박형민이 왼편에서 등장한다. 재형의 배면에 서서 어처구니없다는 시선으로 그를 올려다본다.

형민	(혼잣말처럼) 절마, 저기서 혼자 뭐 하노, 저거? (험악하지만 악의 없이) 정섭아, 야, 정섭이 이 문디 자슥아. 다들 바빠 죽는데, 말 없으면 눈치껏 올라와서 거들든가, 니만 여 숨어서 놀고 자빠졌나.
재형	(허둥대며 팀장 쪽으로 향하려다 고리가 걸려 허우적댄다. 필사적으로 평정을 가장하여) 아뇨, 팀장님. 그러니까, 저는 여기, 그게, 기다렸잖아요, 그러니까 잊어버린 건-
형민	그러니까, 그러니까 뭐 우짰는데? 니 말 알아듣게 똑바로 안 할래? 퍼뜩 내려오기나 해라. 이따 7층에 다 달라붙을 기다.
재형	(내려오며 어색한 방언으로) 어, 정말로요? 잠깐만 기다려주세요, 빨리 갈게요.
형민	이정섭 니 지금 나 놀리나? 서울말 쓴다고 나 무시하는 거 맞제? 어디서 되도 않는 흉내를 내고 지랄인데. 이리 와 봐라. 어디 한 군데 칵 분질러주꾸마.
재형	(살살거리며) 저야 팀장님이 좋아서 그러죠. 말씀하실 때마다 그 안에 뭔가가 느껴져요. 그러니까, 살아 움직이는 진짜 말을 듣는 거 같아요.
형민	뭔 팔딱팔딱 생선이가? (때리는 척 하며) 아나 그럼 회쳐 묵으라, 그놈의 말. 거 개소리 씨부릴 시간 없고, (자재 가리키며) 저거 부려다가 7층 A01열 갖다놓고 기다리라. 난 업체에서 도면 나오면 받아다 바로 갈 테니까. 혼자 할 수 있제?
재형	(잭까지 달려가 손잡이를 잡으며) 그럼요, 저만 믿으세요. (문득 난처하게) 근데 그때까지 호이스트 안 잡히면 어쩌죠? 마냥 늦어질 텐데요.
형민	너 이 새끼 박형민이 파워를 우습게 아네. 팀장 해먹은 지가 몇 년인데, 호이스트 하나 못 잡을까봐. 얘기 다 해놨다. 기다리고

있으면 알아서 설 기다.

재형　(사이) 어- 그게, 그래도 될까요. 그러니까 그걸 그렇게 쉽게 탈 수 있어버리면-

형민　그게 뭔 소린데. 호이스트 아니면 뭘 어쩌자고. (재형 우물쭈물 한다) 오늘따라 너 이상하네. 왜 자꾸 그러는 긴데. (침묵) 또 그 생각 하나? (침묵) 그 재형인지 재경인지, 난 이름도 생각 안 난 다, 오래돼서. 어쩔 수 없는 핑계 말곤, 입 뻥긋해봐야 무슨 말 을 하겠노.

재형　(외면한 채 떨며 겨우) 거기, 그거에 휩쓸려서 그래요. 보지도 듣 지도 못하게 된 거죠.

형민　(짜증스럽게) 뭐? 뭐라고? (침묵. 한숨 쉬고 누그러져) 너 힘든 거 다 안다카이. 당장은 7층 공사만 마무리 짓자고. 그다음부턴 한숨 돌리니까, 어디 네 맘대로 해보그라. 그러니까 알았제, 7층?

재형이 작게 고개를 끄덕이자 팀장은 재형의 얼굴에 잠깐 시선 고정시킨 채 빠르게 오른편으로 이동한다.

재형　(팀장이 한창 퇴장해갈 때 뒤에 대고, 떨리지만 큰 소리로) 팀장님. (팀장 의아하여 돌아다본다) 호이스트, 그러니까 호이스트가요- (사이. 팀장이 짜증스런 몸짓으로 말을 재촉한다) 호이스트는 이름 이 왜 그래요? 그러니까 그게 무슨 뜻이냐고요?

형민이 무시하는 몸짓하며 빠르게 오른편으로 퇴장한다. 재형은 형민이 완전히 퇴장하고 나서도 잠시 오른편 너머를 본다. 기운 없이 공구함을 정리해서 자재 위에 올리고 끾목도 빼서 올려놓는다. 잭을 들어올려 비계 를 크게 한 바퀴 돌며 밀고 나간다. 왼편 끝으로 올 때쯤 망설임 실린 움직임이 무거워진다. 똑같이 한 번 더 돈다. 크게 한숨 쉬며 잭을 세우고 공구함을 내리고 괌목을 댄다. 덮개 들춰 석고보드 한 장을 짊어지고 힘 겹게 왼편으로 퇴장해간다. 사이. 안전요원이 오른편에서 등장하여 숨을 헐떡이고 무겁게 발을 굴러가며 왼편으로 달려 퇴장한다. 사이. 조명이 오른편에서부터 왼편으로 사그라진다.

2경(NO動畫) 바벨의 마을에 눈이 내리면

등장인물

관람객, 관리자

무대

한가운데 전망대[4]가 서 있다. 전망대 위에는 망원경과 관람객이 올라가 있다. 관리자가 전망대 뒤에 대기한다.

---

4) 1경의 비계와 완전히 동일한 것이나, 온통 검은 천으로 둘러 골조가 보이지 않게 한다. 아래엔 매트 등의 완충재를 깐다.

초저녁. 난간 위까지만 비추는 조명이 들면, 관람객이 망원경으로 객석을 왼편에서 오른편까지 천천히 훑어본다. 시점 이동이 끝날 때쯤 계단을 타는 발소리가 울려온다. 관리자가 천천히 전망대 위로 올라온다. 잠시 관람객을 바라보다 헛기침을 한다.

관람객 (돌아보며 반갑게) 오셨어요? 내 정신 좀 봐. 죄송해요, 시간 된 줄도 몰랐네요.

관리자 아니에요. 오늘은 그냥 일찍 올라와본 거예요. 아직 조금 남았어요.

관람객 그럼 그때까지 더 보다 가도 되죠? 제가 번거롭게 해드리는 건 아닌지-

관리자 아니, 아녜요. 보세요, 끝날 때까지. (관람객 미소 짓고 망원경을 본다. 관람객을 잠시 바라보다가) 이 전망대가 참 좋으신가 봐요. 선생님 같은 분이 잘 없어요. 매일, 끝까지-

관람객 (돌아보며) 적어도 한 분은 더 계시잖아요, 여기 매일, 끝까지-

관리자 나요? 저야 일이니까 그런 거죠. 선생님도 제 위치였으면, 이렇게 좋아하시진 않았을걸요.

관람객 (관리자 말할 동안 망원경을 보고) 그 말씀이 맞는 것 같아요. 선생님이 이 전망대를 맡으셨다고 해서, 종일 올라와 계시지는 않잖아요. 대부분의 시간은 땅 위에서 보내시죠. 관람객 받고, 시설관리 하시고, 전화 서류랑 씨름하시면서- 선생님이 제 위치였으면, 제 심정 이해하실 거예요. 정말이지 이건 말로 다 표현 못해요, 환상적이랄 만치 리얼하다고요-

관리자 그럴 것까지야 있어요. 지금 멀리서 본다 뿐, 우리가 실제 저 속에서 살고 있는데.

관람객 죄송하지만 그거, 깜빡 속으신 거예요. 제가 지금 보고 있는 저 사람이랑, 저기 직접 내려가면 보게 될 사람이랑은 서로 다른 사람이라고요. 그럼 어느 쪽이 실재일까요?

관리자 직접 만나볼 사람이겠죠, 상식적으로는

관람객 (관리자 말이 끝나기 전에) 다들 그렇게 말하잖아요? 가장 가까이 접할수록 실재고, 멀면 환상인 것처럼요. 사실은 정반대예요. (객석 한군데 시점 고정하고) 보세요, 대신 묘사해드릴게요. 저 사람, 이마를 훔치고 있어요. 머릿기름이랑 땀이랑 범벅이 돼서 흘러내리는데요. 이젠 또 늘어지게 트림을 하더니, 핸드폰에 대고 이를 쑤시고 있네요. 막 저녁 먹고 오는 길인가 봐요. 메뉴는 뭐였을까요? 일단 고춧가루 들어간 건 알겠는데- 그래도 가서 물어보고 싶지는 않네요. 분명 마늘 냄새 진한 땀내를 푹푹 풍길 거라고요. 여기서 봐도 느껴질 정돈데, 직접 보게 되면 그저 냄새에만 정신이 팔릴걸요. 그리고는 적당히 추접스런 사람이구나, 하고 마는 거죠. 하지만 여기선 보여요. 저 사람이 멀리 누구에게 손을 흔들고 있는지. (사이) 남편이네요. 저 사람도 사랑을 주고받을 줄 알던 거죠. 자신의 개기름과 고춧가루까지 사랑해줄 사람하고요.

관리자 (관람객이 망원경을 볼 동안 무심히 전면을 본다) 그런가요? 하지만 동년배의 이성이라고 다 배우자는 아니잖아요. 혈연, 친구, 동료, 사업관계거나- 어쩌면, 어떤 은밀한 마음의 사이일 수도 있고.

관람객 그럼 왜 아니겠어요? 하지만 그런 가능성은 모두 기각이에요. 왜냐면, 내 눈에 지금 부부 쪽이 가장 그림이 잘 나오거든요. 농담 아녜요. 어쩌면 저 둘은 아래에선 원수지간일 수도 있겠네요. 그건 일테면 서로 가까이 맡은 체취 때문이겠죠. 자기들 내면에, 서로 가장 이상적인 단짝이 될 자질이 있다는 걸 모르고 살 거예요. (사이) 저 몸짓, 분위기 좀 봐. 맞다니까요. 혹여 실제로 부부나 연인이 아니면 어때요. 여기서 보기에 부부면, 아래서 보기에 부부보다 더 부부인 거예요.

관리자 그럼 정해 놓은 누군가를 망원경으로 보게 되면, 그에 대해 많은 걸 알 수 있겠네요, 지금 선생님처럼-

관람객 (생각 없이) 아, 그야 그렇겠죠- (정신 차려) 아니, 그건 그렇지가 않아요. (사이) 망원경으로 본다는 건, 이미 아주 떨어져 있다는 건데- 그럼 아무 관계도 아닌 거잖아요.

관리자 그럼 선택지는 두 개뿐인가요? 착각한 채로 함께하거나, 떨어져서 지켜만 보거나?

관람객 그래서 제가 여기서 못 벗어나는 거죠. 저요, 저도 내려가고 나면 저기랑 다 똑같아요. 똑같은 것들끼리, 아무 것도 아닌 걸로 지지고 볶고- 시시비비에 지쳐빠지면, 아주 나 자신이 싫어져요. 아니, 내가 누군지도 모르게 돼요. 그런 중에 여길 오게 된 거죠.

관리자 아, 벌써 오래 전 일이네요.

관람객 아니라는, 그걸 알게 됐어요. 나는 무력한 바보가 아니었다고요. 또 오해도 풀게 됐죠. 세상은 저 아래서 말하는 것처럼, 혼란스럽고 무질서하지 않아요. 외려 얼마나 조화롭게 짜여 있다고요. 이유 없이 닥쳐온 것만 같던 무서운 일들- 그 모두가 다 세상 전부를 이루는 것들이었어요. 단 하나도 빠져서는 안 되는 거였지요. 그걸 깨달을 때면, 내 예전의 고통까지 황홀하게 다가와요. 나의 고통이 곧 세상의 고통이었으니까요.

관리자 그럼- 굳이 따지려는 건 아니니 오해는 마세요. 그럼 아래 사람들도 모두 그, 만족이든 안정감이든을 깨닫게 돼서, 망원경만 보고 있으면 어쩌죠?

관람객 (생각 없이) 어쩌긴요, 다 같이 느끼게 되겠죠. (정신 차려) 아니,

저마다 더 높은 전망대를 세울 거예요. 망원경을 보는 사람들을 내려다보려고요. 참 우습겠네요, 위가 아니라, 아래를 향해서 높아지려는 거니까. 하지만 그것 역시 세상의 구조 아니겠어요.

관리자 미안한데요, 그건 구조가 아니에요. 세상은 더 아니고요. 보고 듣고 만질 수 있는 것들- 거기에다 뒤따라 붙는 말들이에요.

관람객 보고 듣고 만질 수 있는 게 뭐가 대단해서요? 그래서 가장 강력한 환상인 거죠. 그 속에서 저는 실컷 허우적거려 봤어요. 그러다 남을 팔다리로 치기도 했고, 되게 얻어맞아도 봤죠. 하지만 그 모든 일에 납득한 적은 없었어요, 단 한 번도. 현실감은 그 보고 듣고 만질 수 있는지랑은 전혀 무관해요. 현실감은 오직 거리, 떨어져 있다는 느낌이 정한다고요.

관리자 여기 오래 근무하면서 느낀 걸 말씀드리고 싶어요. 높이란 건 없다고요. 우리 발바닥만 닿을 수 있으면, 하늘 끝이라도 맨땅이나 다름없는 거예요. 높이란 건, 수직으로 세워놓은 거리일 뿐이죠. 멀리 떨어져 있다고 생각하는 그 순간, 우리는 가장 가까워지는 거예요. 밀접해봐야 실망할 뿐이라고, 선생님 말씀이 아마 맞겠죠. 하지만 실제 가까운데도 멀다고만 믿는 거야말로, 진짜 환상이에요. 더 나쁜 거죠. 그리고 사람들은 대개, 스스로 기분을 망치려들지는 않고요. (다소 허둥대며) 선생님, 그래서 당부 말씀, 아니, 오래 얼굴 알고 지낸 사람으로서 부탁드릴게요, 이제 그만-

관람객 (관리자 말 끊으며 가식적으로 신나게, 망원경을 객석 이리저리 돌리면서) 야, 저기 저거 보세요. 사람들이 막 싸워요. 사소한 오해 갖다 참 박 터지게 싸우다가, 말리러 온 사람까지 열 받아서 한판 끼어들고, 옆에 지나가던 애먼 사람 엉겁결에 휘말려들다가는, 이젠 지켜보던 사람들까지 대대적으로 편을 갈라 싸우네요, 마치 자기네들은 아주 객관적인 줄 아나봐. 그래봤자 거기서 거기란 걸 모르는 걸까요? 아, 드디어 싸우다싸우다 못해 지쳤나보네요. 언제 그랬느냐는 듯 아주 화기애애해요. 악수하고 포옹하고 입 맞추고, 새끼손가락 꼬리 걸고 꼭꼭 약속을 하는데요. 보고 박수치고 환호하지 않는 사람이 없어요. 저게 영원하지 않다는 걸 알면 얼마나 실망할까요, 네? 이러나저러나 모두, 세상에 그렇고 그런 일뿐이라는 거, 내 눈엔 보이지만요. 저는 안다고요, 다-

관리자 (엄숙하게) 모르시는 게 하나 있습니다. (관람객 망원경을 멈춘다. 사이) 그 망원경, 보는 기능 없는 모조품이에요. (사이) 정해진 필름을 영사해서 보여줄 뿐이죠. 물론 파일은 매번 다르게 편집하지만요.

관람객 (돌아보며 경악해서) 거짓말, 그럴 리가 없어요. 이렇게 생생한데, 이렇게 다채로운데-

관리자 말 떨어짐에 따라, 진짜와 가짜가 정해진다는 건가요? 그럼 어쩌시겠어요, 지금껏 봐온 그 파노라마가 거짓이었다고 한다면요. (관람객 잠시 넋 나가 있다. 안쓰럽게) 안 되겠네요. 선생님 괴로워하시는 건 못 보겠어요. 거짓이었어요. 망원경 말고, 제 방금 말이요.

관람객 (안도감이, 속았다는 분함을 압도하여) 아!

관리자 그래서 기쁘신가요?

관람객 어디 기쁘다 뿐이겠어요? 세상을 잃었다 되찾은 기분인데요.

관리자 품에서 주섬주섬 눈송이구슬snow globe을 꺼내 잠깐 바라보다 관람객에게 내민다.

관람객 (받아들고) 이게, 뭐예요?

관리자 여러 가지죠. (사이) 전망대고, 망원경이고, 그리고 세상이에요.

관람객 무슨 말씀인지 모르겠어요. 이걸 왜 제게 주시죠.

관리자 (반쯤 외면하고) 그 속을 잘 들여다보세요. 성이 있고, 마을이 있어요. 우리가 사는 곳이죠. 그 옆 숲과 들판은, 우리 네 발 달린 친구들이 사는 곳이고요. 다들 너무 작아서 안 보이지, 거기 속속들이 있는 게 믿겨지시죠? 그럼 이제 흔들어 봐요.

관람객 (말에 홀린 듯이 따르고는 객석 쪽으로 뻗어 조명에 비춰본다. 감탄하여) 예뻐요, 아름다워요-

관리자 맞아요. 세상은 원래 그런 거예요. (사이) 이 전망대에 오고 싶어지면, 대신 그놈을 흔드세요. 흔들고 가만히 보세요.

관람객 (돌아서서 불안하게 웃으며) 이상하게 들려요. 저는 앞으로도, 당장 내일부터도 계속 올 건데요, 쭉

관리자 이 전망대는 이번 달 끝으로 폐쇄될 예정이거든요. 위에서 결정 났어요, 벌써-

관람객 (사이. 공격적으로) 너무하시는 거 아니에요? 우린 그저 입장객과 관리자지, 아무 사이도 아니잖아요. 아까도 그렇고, 또 사람 놀려먹는 거죠?

관리자 전 선생님이 전망대 좋아하는 생각을 이해할 수 없었어요. 하지만 정말 좋아하신다는 거, 그것만은 잘 알고 있어요. 불시에 알게 되면 충격 받으실까봐, 미리 직접 알려드리러 온 거예요. 또, 대신할 것도 전해드리고-

관람객 (구슬을 내려다보며 성난 혼잣말처럼) 대신? 대신한다고, 이게?

관람객 갑자기 거칠게 난간까지 가 구슬을 전망대 밑으로 내던지려 한다. 관리자 기겁하여 관람객의 팔을 잡고 겨우 구슬을 뺏어 제지한다.

관리자　미쳤어요? 누가 맞으면 어쩌려고-

관람객　난 지금 무슨 일이 일어나고 있는지 알아요. 절망 말이에요. 이건 쓸쓸한 진실, 그 깨달음의 알레고리잖아요. 난 그에 맞춰 행동한 것뿐인데, 뭐가 어때서요.

관리자　사람이 죽어나가도 그저 알레고린가요, 선생님의 렌즈 너머에선?

관람객　(사이. 충격으로 누그러져) 그러고 보니 난, 이 망원경으로 누가 죽어가는 광경을 본 적이 없었어요. 다른 온갖 걸 보면서도- (사이) 연출한 필름도 아닌데 그럴 리가요. 전 그런 예감 앞에서, 나도 모르게 망원경을 돌려왔나 봐요.

관리자　나는 돌리지 않았어요. 폐관하고 나면, 선생님 자리는 제가 차지했거든요. 어둔 밤이 세상에 내려앉는 걸 똑똑히 봐왔다고요. 선생님 돌아가는 뒷모습에도 다-

관람객　(놀라 나지막하게) 그럼, 봐왔던 거예요, 돌아가는 나를, 매일? (어색한 침묵. 자조적으로) 어땠어요? 참 우스꽝스러웠죠? 저 기만에 빠진 조그만 벌레가, 무슨 세상을 굽어보는 절대정신인 양 뻐기는 게 참 처량하구나, 하고?

관리자　(도리질하며) 제가 본 건 그냥 인간이었어요. 지금 보는 것과 똑같은 크기의 인간 말이에요.

관람객　아니야, 그 둘은 다른 인간이에요!

관리자　오늘 그러셨잖아요. 망원경으로만 볼 수 있는 것도 있다면서요. 선생님 뒷모습에 켜켜이 쌓여가는 어둠- 그건 제 발로 죽음을 향할 수밖에 없는, 모든 인간의 쓸쓸함이기도 했어요.

관람객　(사이) 누군가를 망원경으로 보게 되면, 많은 걸 알 수 있겠네요, 지금 선생님처럼?

관리자　그럴지도 모르죠. 그보다 사람들이 봐야 할 건 자신 온전한 모습이에요. 헌데 자기 눈과 등은 꼭 지구 한 바퀴만큼 멀잖아요. 망원경으로도 볼 수 없는 관계라고요. 그 둘을 좁힐 수 있다면, 사람과 사람 사이의 거리조차 아무것도 아닌 게 될 거예요.

관람객 선생님은 분명, 여기 다 정리하고 마지막에 가시죠? 그럼 선생님 뒷모습은 누가 봐 주나요? 선생님 몫으로 짊어진 건요? 그건 어떤 모습을 하고 있을까요?

관리자 나도 모르죠. 그건 왜요? (사이) 그럼, 퇴근 준비할 동안 기다릴 수 있어요?

관람객과 관리자 가까워진다. 어색한 미소를 주고받는다. 사이. 관리자의 얼굴을 주시하던 관람객의 표정이 굳어지며 뒷걸음질 친다.

관리자 (당황하여) 왜 그러세요? 뭐 묻었어요?

관람객 선생님, 이빨에, 고춧가루—

관리자 (고개 돌려 혀로 잇새를 문지르며) 아, 이거 부끄럽네요. 신경 쓴다고 썼는데—

관람객 (담담하게) 저는 먼저 들어갈게요, 혼자요. (관리자 놀라 바라본다) 전 지금까지 이 위에서 하나만 생각해왔어요. 내 눈에 보이는 남 말이에요. 그리고 지금은, 전에 보이지 않던 게 보이고 말았네요. 그건 내 이빨에 꼈을지도 모른 고춧가루예요.

관리자 (황급히) 하나도 안 꼈던데요. 내가 봤어요, 정말로요—

관람객 언젠가 보고야 말 거예요. 온 집안 김장하고도 남게, 잇새마다 덕지덕지 낀 걸요.

관리자 그게 어때서요, 그건 실제예요. 새빨간 빛깔과 매콤한 맛이 증명해주는 실제라고요.

관람객 그리고 그만큼 실제적으로 추접스럽게 되는 거죠. (사다리 쪽으

54

로 가며) 마주선 눈에는 내 그 모습이 어룽어룽할 거예요. 다시 환상적으로 추접하게 말이에요.

관리자 그냥 가시면 안 돼요, 이게 마지막이잖아요.

관람객 내가 어리석었어요. 남의 있는 모습을 감히 받아들일 수 있다고만 생각했지, 내 있는 모습이 받아들여질 수도 있다고는, 절대 꿈도 못 꿨다고요.

관리자 (구슬을 내밀며) 그럼 이것만이라도 갖고 가요.

관람객 (잠시 구슬을 바라보다) 아뇨. 그럴 필요 없을 것 같아요. 선생님이 깨우쳐 주셨잖아요. 세상 어디나 가장 높은 전망대가 될 수 있다는 걸요. 이 전망대가 폐쇄되지 않더라도, 전 다시 오지 않을 거예요, 올 필요가 없겠죠. 이젠 내 방에만 있을 테니까요. 물론 거긴, (구슬 가리키며) 이것처럼 아름답진 않지만요. (사이) 저기, 미안해요―

관리자 (앞쪽으로 외면하며 감정 억눌러) 오늘 관람은 여기까집니다. 장내에 계신 관람객 여러분은 귀가를 준비해주세요. 항상 전망대를 이용해주셔서 감사합니다. 안녕히 가십시오―

관람객 아쉬운 눈으로 관리자를 보다 전망대를 내려간다. 계단 타는 효과음이 장면 끝까지 울려온다. 관리자 멋쩍게 웃으며 혀로 잇새를 문지른다. 구슬을 보며 난간까지 간다. 난간 밑을 유심히 본다. 구슬을 흔들고 팔을 앞으로 뻗어 조명에 비춰본다. 미소를 띠고 두 손으로 굴려가며 본다. 잠시 멈춘다. 구슬을 난간 밑으로 놓아버린다. 그대로 허공을 본다.

잦아드는 발소리의 여운과 함께, 막.

 '서랍 속에 읽고만 살아도 벅차오를 줄 알았는데, 쓰고만 지내도 행복할 줄
알았는데…'
 말틀 속으로 밀려난 아이였던 저는, 구름을 잡아두던 데 쓰던 거울들을
어느새 얼굴 바짝 들이대 면도하고, 늘기만 한 흰머리 뽑는 데 쓰고 있었습니다.
 뿌옇게 맺힌 상像들이 못마땅해 씩씩댈수록, 떠오른 것들 뜬구름보다 빨리
이지러졌습니다.
 저의 말 차츰 오므라들고 일그러져 가니- 그 바깥…침묵의 삶 속에 잠겨드는 게
차라리 사람된 도리 아닐까, 머뭇대고 또 망설이던 게 바로 어제 일입니다.

 빠직, 하고 일순 그 참람한 글라스를 깨뜨린 건 성악가스러운 외침이 아니라,
당선을 알리는 벨소리였습니다. 제 말들의 미약한 떨림이 세상과 진동을 공유
할 수도 있겠다는, 작은 가능성을 남겨줬습니다.
 하여 옛 임금이 등장하는 물건을 쓴 다음이면 그의 무덤으로 참배를 가고 마
는 저,
 그 사실에 악의 없이 폭소하던 친구에게
 "넌 작가가 돼지고 나면 책도 안 읽을 거냐?" 당장은 투덜거릴 수밖에 없었던,
 반향 없는 혼잣말만을 되뇌어왔던 그런 저, 이젠 마주울리는 다른 소리들과
공명하고 싶습니다.

 그 전에, 심사위원 분들께 감사 말씀 드립니다.
 제 작품은 몹시 둔중하고 투박합니다. 보다 날카로운 안목 앞에 그 부족함이
훤히 드러났다 생각하니, 지금도 얼굴이 홧홧합니다. 당장 성과보다 드러나지
않은 가능성을 기대하셨으리라고, 부끄럼을 내심 무마해봅니다. 저버리지 않게,
앞으로 더욱 구르겠습니다.

시민을 위해 늘 쾌적한 환경 가꿔주시는, 광적도서관 여러분께도 감사드립니다.

그리고 S여대 김정숙 교수님께 가장 큰 감사를 전합니다. 매번의 조언과 격려를 넘어서, 작기만 한 제게 보여주신 그분의 인간적 관심이 없었다면, 이날은 제게 오지 않았을 겁니다.

지면 통해 마음 표하지 못한 모든 것에겐, 지면 밖에서 갚아가겠습니다.

　응모편수는 줄었지만 수준은 높아졌다. 희곡쓰기의 어려움은 올해 더 가중되었을 것이라 예상했다. 기본적으로 극작술을 내 것처럼 부리는 데 일정 시간이 걸리는 것에 더해, 올해처럼 생각해 보아야 할 것들이 많은 시기에 자신만의 통찰이 있어야 하는 희곡쓰기는 쉽지 않을 것이라 예단했기 때문이다.

　그러나 결과는 그 반대. 현재 우리 사회가 아파하고 있는 부분들에 대해 속속들이 소재가 침투되어 있었다. 그것을 다룸에 있어서도 어느 정도 완성도를 갖췄다. 무엇보다 발로 뛰며 쓴 희곡들, 당장 배우 입에 붙여도 손색없는 대사쓰기, 그리고 소재를 대하는 쓰는 사람의 윤리에 대한 고민이 동반되어 아름다웠다. '치킨 런', '플랫폼', '마지막 헹굼 시 유연제를 사용할 것', '그토록 찬란한 생일 파티', '유리구두', '걔가 왜 그랬을까', '불면증', '그 남자 흉폭하다'가 그랬다.

　최종 논의작은 '발판 끝에 매달린 두 편의 동화'와 '풍등'이었다. '발판…'은 문학적 희곡이 '행위'를 지연시키며 '수사(rhetoric)'에 빠지는 함정을 가뿐히 건너뛰며, 작가가 깊이 곱씹어본 '사유'의 말들로 말의 발화 자체가 '행위'가 될 수도 있다는 사실을 증명해 보였다. '풍등'의 공연성은 살아남은 자들이 다시 생존으로 전환해가는 과정을 '육체의 생존'과 '정신의 생존' 중 어떤 것이 진짜 우리에게 필요한 것인지 끝까지 맞붙임으로써 윤리적으로 탁월했다.

　두 희곡 다 좋았다. 우리는 우열 가리기를 포기하고 어떤 선택을 했다. 결과는 '발판…'이었다. '풍등'이 단막보다는 좀 더 긴 호흡의 길이로 나왔으면 하는 바람 때문이었다. 통찰이 어려운 시대, 오히려 더 맹렬하게 희곡쓰기에 몰두하는 작가들의 출현을 보고 경외감과 부끄러움이 동시에 들었다.

　김철리 연출가·장우재 극작가 겸 연출가

매일신문 희곡 부문 당선작

밀항

■

이주호

1987년 서울 출생
서울예술대학교 문예창작과 (졸업)

등장인물

소녀   (10대 후반)

할아버지 (80대 후반)

남자   (40대 중반)

목소리1   (30대 초반)   (화물칸 밀항자 남)

목소리2   (30대 초반)   (화물칸 밀항자 여)

목소리3   (40대 초반)   (미래항공 기장)

여승무원1 (20대 후반)

여승무원2 (20대 초반)

시간

방사능으로 오염된 가까운 미래

이른 겨울, 정오부터 밤까지.

공간

미래항공 비행기 밑바닥

바퀴 집

무대

바퀴가 들어가 있는 바퀴 집의 내부

상수 중앙에는 비행기 바퀴가 올라가 있다. 바퀴는 거대한 지구본 모양을
하고 있다. 할아버지와 소녀는 바퀴 기둥에 밧줄을 연결해 나란히 그네를
타듯 매달려 있다. 상수 왼편에는 객실로 올라가는 계단이 있다. 하수에는
여행용 가방들과 짐들이 수북하다. 바퀴 집 바닥은 창문으로 표현돼 있다.
소녀는 그 창문을 여닫으며 지상을 내려다본다. 소녀의 손엔 금색 망원경

과 크레파스가 들려 있다. 지상을 내려다보고 올라올 때마다 지구본에 현재 위치를 표시해 나간다. 소녀와 할아버지의 몸은 스카프로 서로 묶여 있다.

1

할아버지 닫아.

소녀 　조금만요.

할아버지 찬바람 들어.

소녀 　바다예요.

할아버지 (붙잡으며) 떨어질라.

소녀 　저길 봐요!

　　　　바누아투, 투발루, 사모아, 탕가!

할아버지 (소녀의 망원경을 빼앗아 들고) 어디.

소녀 　방향을 바꿨어요!

할아버지 가만있어보자.

소녀 　(지구본 모양의 바퀴를 굴리며) 보세요 똑같아요!

할아버지 죽은 고래 떼구나.

소녀 　(망원경을 건네받으며) 그럴 리 없어.

할아버지 지난번에는 표류하는 군함들을 가지고 섬이라더니

　　　　염병할, 이번에도 방향이 틀린 것 같구나.

소녀, 바퀴 집 밑으로 상체를 더욱 밀어 넣는다. 할아버지는 소녀의 발을
잡아당긴다. 소녀의 몸이 창문에 꼭 끼인 듯 움직이지 않자 할아버지는 바
퀴 기둥에 자신의 발을 얹고 지렛대의 원리로 소녀의 몸을 뽑아 올린다.

할아버지 (하품하며) 몇 번을 확인해도 마찬가지야.

소녀 　다음 경유지에서, 바뀔 거예요.

할아버지 우린, 이번 오클랜드에서 내려야 한다.

소녀 　거긴 이제, 아무것도 없잖아요.

할아버지 반대편으로 날아가고 있어.

소녀 (헛구역질을 하며) 지난번에도 막판에 기수를 돌렸어요.

할아버지 그 덕에, 우린 지구 반대편까지 날아갔었지

그 악몽 같은 비행을, 다시 원하는 거니?

소녀 도착할 수만 있다면 몇 번이라도요!

할아버지, 소녀와 매달려 있는 밧줄을 기둥과 단단하게 다시 묶는다. 소
녀, 바퀴 집 기둥에 기대어 눈을 감는다. 바람 소리, 엔진 소음에 둘은 서
로의 말을 듣기 위해 외치듯 대화한다. 사이 소녀 몸을 돌려 구토를 한다.

할아버지 착륙하기 전까진, 의식을 잃어선 안 돼.

소녀 (몸을 웅크리며) 그렇지만 여긴, 고도가 너무 높아 어지러워요.

정신을 잃기 전에 (드러눕는다) 교대로 쉬는 게 좋겠어요.

할아버지 이스탄불행 비행기에서 떨어진 밀항자 기억하지?

소녀 할아버지한테 십오 불을 꿔가고 갚지 않았잖아요.

할아버지 비행기가 착륙하려, 바퀴를 빼는 순간.

그 녀석이 그만, 정신 줄을 놓고 있다가

바퀴 집 바깥으로 튕겨 나가버린 게야.

소녀 (바퀴를 꼭 붙들며) 저는 절대 떨어지지 않아요.

할아버지 때를 놓친 밀항자에겐 기회는 다시 오지 않는단다.

소녀 여긴 사람이 살 수 있는 곳이 아니에요.

할아버지 안전할 거란 보장은 어디에도 없었어.

소녀 미얀마에만 도착하면, 모든 게 원래대로 돌아갈 거예요.

할아버지, 소녀가 끌어안고 있는 바퀴를 만진다. 엔진 소음 잦아든다.

할아버지 꼭, 까맣게 그을린 벌집 같구나.

　　　　이 밑바닥에서 제일 질긴 게 있다면 이놈일 게다.

소녀　　할아버지처럼요?

할아버지 (혼잣말로) 너무 오래 붙어있게 하진 않으마.

소녀　　아빠는 모든 밀항자들이 이 알에서 태어난다고 믿었어요.

할아버지 여기에선 늘 기분 나쁜 냄새가 나.

소녀　　아무리 떠올리려 해도 아빠 얼굴은 생각이 나질 않는걸요.

할아버지 괜찮다, 여기서 벗어나면 모든 게 다 분명해질 테니까.

소녀　　(끌어안으며) 이렇게 품고 있으면 금세 몸이 따뜻해져요, 할아버
　　　　지도 해 봐요.

할아버지 너무 가까이하진 말거라,

　　　　이 바퀴 때문에 많은 밀항자가 죽었어.

소녀　　밀항자들이 서로 이 바퀴에 지도를 그려 둔 덕분에
　　　　우리가 길을 잃지 않게 된 거라고요.

할아버지 이 놈이 니 아비를 삼킨 게다.

소녀　　할아버지, 우린 아틀라스가 아니에요, (바퀴를 굴리며) 이건 징
　　　　벌이 아니라 지도일 뿐이라고요. 그것도, 행운의 지도!

　　　　소녀, 밑바닥을 열어 고개를 뺀다.
　　　　바람 소리, 할아버지와 소녀의 몸이 흔들린다.

소녀　　(명랑하게) 갈 거예요. 우리, 미얀마에서 만나기로 했잖아요.

할아버지 (하품하며) 바람난 니 엄마를 찾아가겠다는 걸 붙잡았어야 했
　　　　는데, 염병할, 다 내 잘못이다.

　　　　바퀴 집 밖으로 몸을 빼느라 밑바닥 위엔 소녀의 하반신만 걸쳐져 있다.

할아버지, 소녀의 몸과 스카프를 기둥과 꽉 묶어주면 소녀 올라와 바퀴에 지도를 그린다. 바람 소리에 두 사람의 말이 잘 들리지 않는다. 둘은 얼굴을 바싹 기대어 말을 주고받는다.

할아버지 (소리친다) 이번, 타이밍을 놓쳤다간 우리도 끝장이야.

소녀   할아버지 말처럼, 추락한다면
            그곳에서 아빠를 만날 수 있을까요.

할아버지 (계단을 바라보며) 이틀간 물 한 모금 먹지 못했더니
            굶어 죽게 생겼어.

소녀   들키면, 추방당할 거예요.

할아버지 (자신의 여섯 개의 귀를 쓰다듬으며) 버틸 힘이 부족해 추락하는
            것보다야 추방이 장수엔 좋지 않겠니? 이 할아비의 귀는
            조종 칸에 파일럿들 하품 소리도 엿들을 수 있단다.

소녀, 밑바닥을 기어 내려갔다 올라와 바퀴살에 동선을 끼적이기를 반복한다. 기체 흔들리며 바람 소리 거칠어진다.

상수 왼편 객실을 통해, 안내 음성 먹먹하게 들린다.

목소리3 〈아, 아, 잠시 후 저희 미래항공 경유지인 오클랜드에 정차하였
            다가 태즈먼해를 지나 산호해를 향해 나아갈 예정입니다. 난기
            류가 예상되오니 안전벨트 확인해 주십시오.〉

소녀   (들떠서) 바뀌었어요! 산호로 가요!

할아버지 난기류야, 기회는 지금뿐이다.

소녀   (단호하고 날카롭게) 여기서 그만둘 수 없어요.

할아버지, 몸에 묶인 밧줄을 푼다. 소녀, 바퀴 집 문을 열고 올라오다 할
아버지와 눈 마주친다. (긴장감이 감돈다.) 소녀, 할아버지의 손을 붙잡
고 밧줄을 못 풀게 하면, 할아버지 신경질적으로 밧줄을 풀기 위해 몸부
림친다. 둘의 몸이 밧줄에 뒤엉킨다.

빙글빙글 지구본(바퀴) 주위를 돈다. 바퀴가 느리게 회전한다.

소녀   (하품하며) 제발 이제, 그만 좀 하세요!

소녀와 할아버지 몸이 뒤엉켜 주저앉는다.

목소리 등장

목소리2 저기, 사람이 있나요.
할아버지 쉿!
목소리1 거기 누구 계십니까? 분명 소리가 들렸어 그치?
소녀   (명랑하게) 여기 둘 있어요!
할아버지 (속삭이며) 조용히 해라! 비행기 안에선 누구도 믿어선 안 돼.
목소리1 (웃으며) 저희 둘뿐인 줄 알았는데 다행입니다.
소녀   우리도 바퀴 집에 꼼짝없이 달라붙어 있어요.
할아버지 (입을 막으며) 얘야!
목소리2 저희는 짐칸에 있습니다. 통돌이 세탁기 안이죠.
목소리1 처음 사과박스에 숨었다가.
          한 시간 만에 질식해 죽을 뻔했지 뭐예요.
          이제 견딜 만해요 아무것도 안 보여서 그렇지.
          이 사람이 아이를 가져서 안전한 곳으로 떠나는 중이에요.
          혹시 여기가 어디쯤인지 알 수 있을까요?

미얀마를 지나친 것 같아서요.

소녀, 바닥에 납죽 엎드려 바퀴 집 뚜껑을 살짝 연다. 지상을 내려다본다.
바람 소리.

소녀 이제 오클랜드예요, 미얀마까지는 아직 남았어요.
목소리1 혹시 도착하면 알려 줄 수 있니?
소녀 우리도 그곳으로 가고 있으니 걱정 마세요.
목소리2 꼭 좀 부탁합니다!

목소리 퇴장

소녀, 흥얼거리며 바퀴 집 틈으로 보이는 지상을 타이어에 그리고 있다.
기체 다시 심하게 흔들린다. 소녀, 바퀴에 바싹 달라붙어 몸을 떨며 헛
구역질을 한다. 할아버지, 소녀의 몸을 바퀴에서 떼어내려 하면 소녀 바
퀴를 더욱 바싹 끌어안는다. 둘의 실랑이는 할아버지의 긴 하품과 동시
에 끝이 난다. 바퀴 집이 열리고 바퀴가 지면을 향해 미끄러지듯 빠져나
간다.

비행기 착륙한다. 할아버지, 밧줄에 매달려 소녀의 몸을 꼭 끌어안는다.
자욱한 연기, (사이) 바닥에서 실내를 향해 빛이 반사돼 들어온다. 기체의
떨림 멈춘다.

할아버지 (밧줄을 손질하며) 만날 수 없을지도 몰라.
소녀 아직, 포기하긴 일러요.
할아버지 시신도 못 찾았지.

소녀   (지도를 표시하며) 아빠는, 엄마를 이 바퀴 집에서
　　　　　처음 만나 사랑에 빠졌다고 했어요.

할아버지 누구라도, 여기서 얼어 죽지 않으려면
　　　　　서로를 꼭 끌어안아야 했지.

소녀   자신이 가질 수 있는 가장 높은 밑바닥에서
　　　　　제가 태어났다고 했어요.

할아버지 방사능이란 놈이 사람들 정신을 여기저기 헤집고 다닌 게야.

소녀   엄마를 찾아서 기다리겠다고 했어요.

할아버지 염병할, 니 아비 성질에 그 연놈을 찾아가 죽이지나 않았으면
　　　　　다행이겠지.

소녀   (헛구역질을 하며) 그럴 리 없어요.

할아버지 봐라, 여긴 언제 밑바닥이 열려 목숨 줄이 끊어질지 모를
　　　　　형장이야.
　　　　　저 바퀴, 꼭 새까맣게 타버린 네 아빠의 얼굴을 닮았잖아.
　　　　　비행기가 날아오를 때마다 댕강댕강 네 아비의 목이 공중에서
　　　　　흔들리는 것 같아, 이제 숨쉬기도 힘들다. (사이)
　　　　　(소녀의 손을 잡으며) 너를 지켜 주기로, 약속했단다.

소녀   (울먹이며) 우릴 기다리고 있을 거예요!

할아버지 네 아버지가 타고 떠난 바퀴 집이 돌아왔을 땐
　　　　　끊어진 밧줄 몇 가닥이 전부였어.

　　　　　소녀, 할아버지에게 안겨 두 발을 움켜쥔다. 할아버지 제 양말을 벗어 소
　　　　　녀가 신은 양말 위에 덧씌운다. 소녀, 발을 움켜쥐며 답답한지 몸을 굽힌
　　　　　다. 할아버지, 소녀의 몸에 밧줄을 조금 풀어준다.

소녀   비행기가 바닥으로 내려앉을 때마다 발가락이 아파요.

할아버지 환상통이야, 그때 내가 조금만 빨리 끌어당겼더라면.

소녀　　(약간 냉정하게) 발가락이 열두 개였을 때나, 바퀴 집에 잘려 하나도 남지 않은 지금이나 병신은 매한가지죠.

할아버지 네 아버지도 니 발가락들을 참 예뻐했단다.

소녀　　(발을 움켜쥐며) 곧 날아오를 거예요. 그러면 다시 괜찮아져요.

　　　　　소녀, 비틀거리며 일어선다. 할아버지와 마주 보며 웃는다. 그러나 한 걸음 떼기도 전에 주저앉는 소녀. 몸을 떨기 시작한다.

소녀　　(헛구역질을 하며) 추워.

　　　　　할아버지, 입고 있던 외투를 벗어 소녀에게 입혀준다. 바람 소리, 바퀴 집이 심하게 흔들린다. 기이한 소리를 내며 바퀴가 헛돈다. 소녀, 숨을 가쁘게 들이쉬고 내쉰다.

소녀　　얼어 죽을 것 같아요
　　　　　(할아버지 품을 움켜쥐며) 바다에 빠진 것처럼.

할아버지 (소녀의 몸을 문지른다.) 여기서 내려야 해.

소녀　　(붙잡으며) 여기에서 포기할 수 없어.
　　　　　저 밑바닥 어디선가, 제 발가락들은 불타고 있을 거예요.

할아버지 (자신의 손가락을 깨물며) 이걸 물고, 피를, 삼켜 보거라.

소녀　　(뱉으며) 자꾸, 졸음이 쏟아져요.

할아버지 (몸에 밧줄을 풀며) 아무래도, 다녀와야겠구나.

소녀　　할아버지, 나 혼자 두고 가지 마요!

할아버지 (미소 지으며) 금방, 돌아오마.

할아버지, 계단을 향해 일어선다. 소녀 엎어져, 멀어지는 할아버지를 바라본다. 할아버지 상수를 따라 한 걸음씩 나아가면, 소녀 오들오들 떨면서 바퀴를 끌어안는다.

할아버지 계단을 타고 사각의 빛을 향해 올라간다. 교차 되며 불빛 하나가 계단을 따라 내려온다. 소녀 몸을 떨며 할아버지가 입혀준 외투를 바싹 끌어당긴다. 계단을 따라 내려오던 불빛이 소녀를 향해 다가온다. 소녀 바퀴 뒤쪽으로 몸을 숨기면 불빛이 소녀를 따라와 비춘다. 소녀, 다가오는 불빛을 피해 몸을 기울인다. (사이) 눈앞에 다가와 머뭇거리는 불빛과 대치하는 소녀.

소녀   (웅크리며) 누구세요?

소녀, 남자의 불빛에 몸이 더욱 움츠러든다. 남자, 품에 맞지 않는 찢기고 피범벅이 된 승무원복을 입고 있다. 다가와 소녀 앞에 앉는다. 이마에 눈이 두 개 더 달려 있다. 품속에서 모자를 꺼내 얼굴이 보이지 않게 깊이 눌러쓴다.

남자   (다정하게) 데리러 왔다,
소녀   (놀라서 몸을 떨며) 한 번만, 눈감아 주면 안 될까요?
          미얀마까지라도.
남자   올라가자, 이제 괜찮아.
소녀   나, 걸을 수도 없어요.

남자, 소녀의 발을 내려다본다. 소녀의 주변을 랜턴 불빛으로 살핀다.

소녀   (히스테릭하게) 아무것도 없어!

남자, 다가가 소녀를 끌어안듯, 몸에 스카프를 푼다. 소녀 불안스레 떨며 소리 지른다. 손에 쥔 망원경을 남자에게 휘두른다. 남자 얼굴을 맞고 바닥으로 쓰러진다. 소녀, 남자의 팔을 깨물고 놔 주지 않는다.

남자   (비명과 함께 몸을 구른다.) 여기 있으면 안 돼!
소녀   없어요, 아무것도 없다고요! 우릴 그냥 내버려 둬요!

남자, 바퀴에 몸을 기댄다, 지구본(바퀴)이 굴러간다. 이가 딱 맞는 나머지 반대편의 지도가 드러난다. 밀항자들이 그려 놓은 지도와 소녀의 지도가 맞물려 굴러간다. 남자, 바퀴를 천천히 굴리며 바라본다. 품속에서 담배를 꺼내 한 대 태운다.

소녀   얼마 안 남았어요.
남자   (굴러가는 지구본을 보며 지친 듯) 그들이 올 거다.
소녀   여기 있게 해주세요! *(사이)*

남자, 지구본에 담배를 비벼 끄면. 소녀, 지구본을 스카프로 문지른다.

소녀   아덴만, 아라비아, 래카다이브, 벵골만, 타이만
남자   너희를 찾는 데만 십 년이 걸렸어!
소녀   여기까지 오기 위해, 저는 제 발가락들을
           저 밑바닥에 잘라 두고 와야 했어요!
남자   이제 밑바닥을 헤매고 있는 밀항자들은
           네가 뿌려 놓은 발가락을 따라 걷느라

더 이상 길을 잃지 않을 거란다. (손 내밀며) 가자.

떨어지지 않으려는 소녀와 바퀴 기둥에서 소녀를 떼어 내려는 남자의 실랑이가 벌어진다.
기체가 흔들리며, 엔진 점화 소리가 들린다.
남자, 포기한 듯 소녀를 마지막으로 꼭 끌어안고, 밧줄에 앉힌다.

남자　(소녀의 손을 밧줄에 쥐여 주며) 이제 이륙할 거야, 대부분의 밀항자가 이곳에서 의식을 잃거나 동사한 제 몸을 비행기 밖으로 놓쳐 죽게 되지.

소녀　(몸을 떨며) 멈추지 않을 거예요.

남자　(소녀의 몸을 흔들며) 이 구간을 견뎌서, 미얀마에 도착한 밀항자는 아직까지, 단 한 사람도 없었어!
　　　올라가면 모든 게 안전해질 거야.

소녀　이런 식으로, 저희 엄마도 데려갔나요? (사이)

사내, 품속에서 뭔가를 꺼낸다. 소녀에게 그것을 손에 쥐여준다.

남자　지니고 있거라.

소녀　(저항하며) 필요 없어요. 염병할 승무원들, 엄마도 모자라서 나까지 잡아먹으려는 거죠?

남자　이제, 아무도 널 의심하지 않을 거야.

소녀, 남자가 건네준 티켓을 물끄러미 바라본다. 고민에 잠긴 듯 고개를 숙인다.

소녀　　　(고개를 숙이며) 당신들한테 다시는 속지 않아!

　　　　　비행기 흔들린다. 바람소리,
　　　　　이륙을 하는 충격으로 소녀와 남자가 뒹군다.

목소리3　〈우리 미래항공은 이륙 후 앞으로 세 시간 후 필리핀을 통과
　　　　　해 버마(미얀마)에 도착할 예정입니다. 손님 여러분들께선 가
　　　　　벼운 기내식이 제공될 예정이오니, 필요한 사항이… 〉

　　　　　남자, 모자를 벗어 소녀에게 씌워준다. 두어 걸음 소녀 뒤로 물러선다. 소
　　　　　녀, 남자의 얼굴에 붙어 있는 네 개의 눈동자를 물끄러미 올려다본다. 무
　　　　　언가 기억나려는 듯 움찔한다. 엔진 소음, 바람 소리, 이륙을 알리는 기계
　　　　　음이 들려온다.

남자　　　(혼잣말로) 언젠가, 서로를 이해할 수 있는 날이 오겠지.
소녀　　　(중얼거리며) 네 개의 눈동자. (남자를 붙잡는다) 잠깐만요.
　　　　　우리 어디에서 만난 적 있죠.

　　　　　남자, 미소 지으며 바퀴 집이 닫히기 직전 지상으로 뛰어내린다. (암전)

2.

　　　　　기내 퍼스트 클래스.

　　　　　할아버지 로열석에 앉아 레드 와인과 함께 영화 아비정전을 보고 있다.

기내는 밑바닥과 계급 차이가 노골적으로 느껴질 만큼 호화스럽다. (영화음악 흐르다 잦아든다.) 소녀 눈치를 보며 두리번거린다. 조금씩 바닥을 기어가 좌석 하나를 차지하고 앉는다. 비치된 음식물을 허겁지겁 먹기 시작한다.

소녀 처음 엄마 손을 놓쳤을 땐 아무렇지 않았지. (우물거리며) 그냥 놓친 거니까. 그런데 놓은 거였어. 10년 전, 비행기 승무원 남자랑, 엄마는, 우리가 잠든 사이에 (우물거리며) 유일하게 방사능이 도달하지 못한 곳, 미얀마행 비행기를 타고 떠나버렸어. 방사능은 어떤 상상력보다 빠르게 퍼져버렸고, 지하철도, 자동차도, 집도 그 오염된 물에 닿는 건 녹이 슬거나 쓸모없어졌어. (우물거리며) 다이아몬드를 준다 해도 국경을 통과할 티켓을 구할 수가 없었어. (우물거리며) 그리고 나도, 할아버지도 그깟, 퍼스트 클래스 항공권 한 장 때문에, 이렇게, 버려졌지. (우물거리며) 매일 나는 울기만 했어, 그럴 때마다 내게 할아버지는, 엄마를 찾으러 떠난 아버지 이야기를 해줬어, 아버지는 죽은게 아니라고 지금도 어디선가, 바퀴 집을 타고 미얀마를 향해 날아가고 있을 거라고. 누구도 아버지의 시신을 발견하지 못했다는 게 우리 밀항의 시작이 됐어.
(먹고 있던 음식을 바닥에 떨어뜨린다.)

통로에서 인기척이 들린다. 승무원1, 2 등장. 소녀 도망치기 위해 비틀거리며 걷다 주저앉아 바닥을 기어간다. 계단을 타고 내려간다. 할아버지 승무원1에게 붙잡혀 몸부림을 치다 바닥에 미끄러져 넘어진다. 할아버지, 승무원1과 몸싸움을 벌이다 간신히 뿌리치고 계단을 향해 도망친다. (암전)

3.

심야의 비행,
바퀴 집 안

계단을 따라 느리게 기어 내려오는 소녀. 할아버지 이마에 피 흘리며, 바
퀴 집 기둥에 쓰러져 있다. 할아버지의 손에서 떨어진 와인 병 하나가 바
닥을 뒹군다

소녀 (흔들며) 할아버지 정신 차려요 잠들면 안 돼.
할아버지 (하품하며) 염병할, 너무 졸립구나, 난 이제 너무 지쳤다.

할아버지의 몸이 기울어지며 바퀴 집 바닥을 누른다. 바퀴 집이 벌어지면
서 거친 바람이 밀려들어 온다. 바람 소리, 바퀴 집 문이 열리다 닫히는
사이, 금속음이 울린다. 할아버지 천천히 그 사이로 미끄러진다. 소녀, 할
아버지를 양 손으로 꼭 붙들고 있다.

소녀 스카프가 풀렸어요, 어서 이걸 잡아요.
할아버지 이제 너는 안전하다.
소녀 (할아버지를 붙잡으며) 무슨 소리 하는 거예요, 같이 가요!
할아버지 네 아비와의 약속,
너를 한시도 떠나지 않았다.
어서, 이러다 같이 가겠구나.
소녀 제발 정신 좀 차리세요. 할아버지.

덜컹, 소리와 함께 할아버지의 하체가 비행기 밑바닥으로 빠져나간다. 바

퀴 집에서 끼긱 소리가 난다. 바퀴가 헛돌고 엔진과 기계음이 울린다. 연기가 흘러나온다.

할아버지 이대로는 바퀴 집이 고장 나겠구나,

그럼 여기 모든 사람이 죽는단다.

소녀 우린 함께 무사히 도착할 거예요. 이제 금방이에요.

할아버지 (소녀의 뒤편을 바라보며) 니 아버지가 왔구나.

역시, 여기에 있었어.

소녀 (힘이 다한 듯) 너무 취했어요 할아버지.

할아버지 네 개의 눈동자가 여전히 예쁘구나! 저 이마를 한 번 더 만져보

고 싶은데.

소녀 (두리번거리며) 여긴, 우리 둘뿐이에요.

소녀, 무언가 생각난 듯 오른손으로 품속에서 티켓을 꺼낸다.

소녀 저에게 티켓이 한 장 있어요 할아버지,

이곳으로 함께 올라가요.

할아버지 (혼잣말로) 결국, 일을 치르고야 말았군.

(건네며) 이건, 니 자리다.

할아버지, 소녀가 건넨 항공권을 힘없이 바닥으로 떨어뜨린다. 소녀의 왼손에서 할아버지가 조금씩 미끄러진다. 재빨리 양손으로 할아버지를 끌어 올리려 안간힘을 쓰는 소녀. 기계음 소리, 바람 소리 때문에 서로의 말이 잘 들리지 않는다. 소녀, 할아버지와 함께 바퀴 집 사이로 밀려들어간다.

할아버지 니 염병할 발가락들, 이 할아비가 꼭, 되찾아 놓으마.
소녀   (울먹이며) 이 손 놓지 말아요!

> 할아버지, 소녀의 손을 놓으며 밑바닥으로 미끄러진다. 덜컹,
> 바퀴 집의 문이 열렸다 닫히면서 헛돌던 바퀴가 멈추고
> 할아버지, 보이지 않는다.
> 연기, 잦아든다. 소녀, 할아버지를 놓치며 고꾸라진다.

소녀   (절망적으로) 할아버지! 할아버지! (사이)

목소리3 (잡음과 함께) 우리 비행기는 앞으로 10분 후 버마공항에 도착합
       니다. (암전)

에필로그

> 여승무원1, 2 등장 계단을 따라 조심스럽게 내려온다. 기체 흔들린다. 엔
> 진 소리, 바람 소리. 여승무원1, 2 위태롭게 서로를 의지하고 있다. 랜턴
> 으로 바닥을 비추자. 상수 하수에서 유령들이 출몰하듯 하품 소리와 헛구
> 역질 소리들이 들려온다.

여승무원1 무슨 일이래?
여승무원2 이상하지.
여승무원1 (손수건으로 입을 막으며) 연기야 고개를 숙여.
여승무원2 항상 착륙할 때가 되면 들려와.
여승무원1 잘 비춰 봐 이번엔 놓쳐선 안 돼.

여승무원2   분명 아무도 없어, 봐봐.

여승무원1, 여승무원2 뒤에 바싹 붙어 있다.
둘은 천천히 바퀴 집까지 다가온다. 자욱한 연기, 아무도 없다.

여승무원1   저게, 뭐지?

여승무원1이 가리키는 곳에 여승무원2가 랜턴을 비춘다.
바닥에 소녀가 쓰러져 있다.

여승무원2   (흔들며) 꼬마야, 밀항자인가?
여승무원1   아니야 손에(읽으며) 퍼스트클래스 항공권이 있어.
　　　　　　그런데 이건, (망설이며) 십 년 전 티켓이잖아.
여승무원2   데려가자. 그냥 두면 죽을 거야.

여승무원1 망설이다 고개를 끄덕인다.
비행기 안내음이 울린다.

목소리3   〈우리 비행기 곧 착륙합니다. 안전벨트를 매주십시오.〉

여승무원1 소녀를 끌어안고 서둘러 계단을 올라간다. 화물칸에서 부스럭
거리는 소리, 여승무원2 수상한 듯 주위를 둘러보다 뒤따라 올라간다.

여승무원1, 2 퇴장

바퀴 집이 완전히 벌어지면 바퀴(지구본)가 회전하며

기체 바깥으로 **빠져나간다**.

기둥에 걸려 있던 스카프가 공중으로 한 무리 벌떼처럼 날아간다

비행기, 흔들리며 착륙한다. 엔진음, 바람 소리 멎어간다.

목소리3 〈아, 아, 지금 우리 미래항공은 최종 목적지인 버마(미얀마), 버마 공항에 도착했습니다. 잊으신 물건이 없도록 자리를 확인하여 주시기 바랍니다〉 (사이)

목소리1 (속삭이듯) 저기요,
목소리2 사람 있나요?

바닥에서 머리가 둘 달린 거대한 샴쌍둥이(목소리1, 2)의 그림자가 일어선다.

조명 어두워진다.

불빛 하나가 소녀와 할아버지가 있던 자리를 향해 툭, 떨어지면 끊어진 밧줄 조각들이 바람에 날린다. (암전.)

끝

코트를 한 벌 선물 받았습니다. 이 옷을 걸친다 해서 제가 다른 누군가로 변하는 마법이 일어나진 않겠지요. 긴 겨울, 바퀴 집 안에 웅크려 있던 저의 이야기를 바깥으로 끄집어내 주신 매일신문사와 심사위원 선생님들께 감사드립니다. 당선 소식을 전해주신 매일신문 조두진 기자님 감사합니다. 글쓰기를 가르쳐주신 김경주 시인, 극작가님과 안웅선 시인님, 이강백 극작가님, 장성희 극작가님, 故윤조병 극작가님, 김슬기 극작가님, 김창래 감독님, 황선미 작가님, 고맙습니다.

사랑하는 나의 아버지 고맙습니다. 어린 시절, 아버지 등에 업혀 창신동 골목을 오르던 날들이, 힘들 때마다 저를 견디게 합니다. 아버지의 넓고 따뜻한 등이 있어서 저는 건강하게 자랄 수 있었습니다. 사랑으로 저를 길러주신 어머니 고맙습니다. 어머니와 함께할 수 있는 시간이 더 많아졌으면 좋겠습니다. 병중에 계신 나의 할머니, 지금은 말을 나눌 수 없지만 의식이 있는 마지막 순간까지 불러준 제 이름과 귀한 마음을, 평생 잊지 않겠습니다. 이 순간에도 할머니 곁을 지키고 있는 삼촌, 고맙고 사랑합니다. 나를 위해 기도해주는, 사랑하는 나의 가족들 모두 고맙습니다.

함께 시를 쓰는 나의 가장 소중한 지우들, 교오, 사이, 윤효정, 전수오, 김신혜, 강소연, 채두리에게 감사드립니다. 부족함을 아는 미덕으로 끝까지 배우는 사람이 되겠습니다. 저를 가르치고 일깨워주려는 선의들을 따라 끝까지 갈등하며 걷겠습니다.

한결같이 나의 곁을 지켜주는 경세 형, 제가 무엇을 하든 따뜻하게 대꾸해주는 오지의 마법사 한규 형과 경희 누나, 맛있는 거 먹자며 불쑥 안부 물어주는 리안 형님, 나보다 망원동을 더 잘 아는 속 깊은 친구 선덕, 이제야 1호점 미선씨, 늘 좋은 극으로 저를 초대해주는 배우 이훈희 (누나), 스무 살에 방 하나를 빌려 함께 시를 썼던 인연들 민국, 용각, 연휘 형님, 가슴 답답할 때마다 환기구가 되어주는 친구들 김명진, 안선욱, 이인엽, 이종민, 윤동규, 하승엽, 잘 지내냐며 먼저 안부 물어주는 탁이 형, 진철이 형. 조만간 멋진 동화작가가 될 김문숙 조교님, 먼 곳에서, 가깝게 손 흔들어주는 친구 안서연 모두 고맙습니다.

　매일신춘문예에 신설된 '희곡, 시나리오 부문'에 응모된 작품은 첫 공모임에
도 128편이나 됐다. 다문화, 청년실업, 코피노, 난민, 재건축과 빈부 격차 등 오
늘날 우리 현실에서 발생하는 문제를 소재로 한 작품이 많은 부분을 차지한다.
현실에 대한 응모자들의 관심을 확인할 수 있었다. 극적 감각과 글쓰기 훈련이
보이는 작품과 자기만의 방식으로 현실을 해석한 작품을 중심으로 선별하여 심
사를 진행했다.

　'밀항'은 하늘을 나는 비행기 바퀴 집 내부를 무대로 삼은 독특한 작품이다.
시적인 대사와 몽롱한 사건 처리는 하늘을 나는 비행기와 무대 위 거대한 바퀴
살 내부의 어둠과 대비를 이루며 방사능으로 오염된 미래 밀항자들을 보여준다.
기형이 된 사람들과 아버지를 찾아가는 등장인물들의 여정 등 애매모호한 상징
은 혼돈을 줄 수 있으나 마지막 장면의 반전은 신선한 무대를 관객에게 경험하
게 할 수 있다는 점에 심사의 의견이 일치했다.

　'매미허물'은 임대아파트 앞 편의점에서 유통기한 지난 음식으로 가난을 견디
는 가정을 보여준다. 매미울음이 가득한 여름날 직장을 잃은 가장, 이중 알바로
생활비를 벌며 묵묵히 가난을 견디는 아내, 과거와 현재의 장면이 별다른 계기
없이 구성된 작품으로 매미울음에 대한 남편과 아내의 상반된 해석이 묘한 여
운을 준다.

　'가족입니까?'는 남자 상사의 성희롱에 다르게 대응하는 여직원의 세대 차이
와 연대를 그린 작품이다. 인물의 전형성으로 인한 남자 상사와 여직원의 단순
한 대결 구도는 아쉬움을 주지만 자연스러운 경상도 사투리와 긴장된 극적 상
황을 끌고 가는 힘은 장점이다.

　'고물성'은 아버지가 주워온 고물로 발 디딜 틈 없는 단칸방에 고립된 딸을
보여준다. 간결한 대사와 단순한 살인, 인물의 변화 없이 극이 끝나는 아쉬움이
있다.

실제 인물을 소재로 한 시나리오가 눈에 띄게 많았는데, 대상과의 거리두기가 필요해 보인다. 다큐멘터리적 소재와 익숙한 상업영화를 연상시키는 작품이 많은 점도 아쉬움으로 남는다.

[심사위원: 최현묵(극작가), 김윤미(극작가)]

부산일보 희곡 부문 당선작

도착

■

김옥미

김해중앙여자고등학교 졸업
경성대학교 연극영화학과 중퇴
서울예술대학교 극작과 재학 중

인물

손 명준

아부지

어무이

누나야

나이롱

공간

재활 병원.

무대 중앙에는 침상이 하나 놓여 있다.

침상을 중심으로 커튼이 둘러 쳐지고,

커튼 양쪽 끝에 출입문과 벤치가 있다.

무대의 테두리를 따라서

재활 운동을 위한 긴 트랙이 그려져 있다.

커튼으로 입원실 안팎이 구분된다.

1장

명준, 두유 박스를 손에 들고 등장.

손명준 어디 간 거야?

침상 둘러본다. 뻥튀기와 두유가 쌓여있다. 침상 위의 수첩 펼쳐 본다.

손명준 이번 달 목표, 숫자 1000까지 세기. 비슷한 말 헷갈리지 않기?
눈은 어떻게 내릴까요, 선택하세요. 펑펑. 퐁당퐁당. 주룩주룩?
무슨 숙제가 이렇게 우중충해.

침상 뒤 파티션 너머를 흘깃 보려는데, 나이롱 등장. 커튼을 친다.

나이롱 왔나.

명준, 다시 커튼을 걷는다.

손명준 환기 좀 시켜요. 괜히 답답하기만 하고.
나이롱 너희 어무이 볼까 봐 그라는 기지. 꼬우면 1인실로 옮기라.
손명준 다들 어디 갔어요?
나이롱 내가 아나.
손명준 아버진… 좀 괜찮아요?
나이롱 어제도 물어봤다 아이가. 똑같지 뭘.
손명준 누나 말로는 이제 발음도 좋아지고,
나이롱 그래봐야, 원래대로는 못 돌아온다.

손명준　병원에서 계속 재활해야죠.
나이롱　하이고. 너희 식구들 깝깝해가 죽을라 한다 마.
손명준　이제는 뭐 혼자서도 걷는다던데?
나이롱　참내. 직접 봐라. 달라진 것도 없더만은.

손명준, 걸어 본다. 등을 펴고, 천천히, 꺾이는 관절을 느끼며 발을 내딛는다.

손명준　아버지가 원래, 어떻게 걸었더라.
나이롱　원래가 어데 있노. 내도 원래는 병원에 오도 안 했다.
손명준　아저씨는 나이롱이잖아요.
나이롱　내도 니처럼 젊은 때가 있었다는 기지.

나이롱, 팔뚝 내 보인다. 힘있게 앉았다 일어나 본다.

손명준　우리 아부지는, 작년까지만 해도 현장에 나갔어요. 어릴 때부터 집에 역기가 있었다니까요. 맨날 아부지가 역기를 한 손으로 번쩍. 이렇게. 훅. 훅! 고압 만지는 분이에요. 그 높은 전봇대 올라가는데, 이 다리 밀어내는 힘이, 장딴지가, 얼마나 힘이 많이 들어가야 하는데. 이렇게. 그래서 아부지가 벌써 걸을 수 있는 거예요. 원래 하던 게 있으니까! 그러니까 좀만 더 재활하면,
나이롱　니 눈으로 봤나? 그래 힘있게 걸을라모 당당 멀었다이.
손명준　누나랑 어무이 있으니까 됐어요. 저는… 못 보겠어요.

명준, 다리에 힘이 풀린다. 손을 잡았다 펴본다.

88

나이롱	비키바라. 짐 좀 싸구로.
손명준	어디 가요?
나이롱	퇴원할 끼다.
손명준	보험 때문에 계속 있을 거라면서요?
나이롱	치사하고 더러버서.
손명준	무슨 일 있었어요?
나이롱	고마 됐다. 비키라 좀.

명준, 뻥튀기 집어다 나이롱에게 몽땅 건네준다.

손명준	아저씨 다 가져가요 그럼.
나이롱	뻥튀기 니나 다 무라.
손명준	다 어디 갔는지 몰라요?
나이롱	오늘 아침에 한 판 했다 아이가.
손명준	누가요?
나이롱	얼매나 사납게 덤벼드는지 할 말이 없게 만들어 뿌드라니까.
손명준	병원에서 그렇게 사납게 덤빌 일이 뭐가 있어.
나이롱	너희 아부지도 쪽팔리가 입 다물고 있드라이까.
손명준	엄마가 대판 했다는 거예요 지금?
나이롱	너희 엄마 성질이 보통 성질이가.
손명준	뭐한다고 싸워. 똥 무서워서 피해?
나이롱	똥?
손명준	누군데요? 가서 내가 한바탕 할까 보다.
나이롱	가, 가서… 너희 아부지나 찾아 봐라.
손명준	됐어요. 그만 갈래요. 저 왔다 갔다고 해 주세요.
나이롱	내가??

손명준   얼굴 봐서 뭐하겠어요?

나이롱   걸거치네 자슥 진짜.

어무이, 오줌통 들고 등장. 나이롱, 안고 있던 뻥튀기 바닥에 던진다.

나이롱   똥은 내가 피해 드리야지. 퉤!

나이롱, 서둘러 퇴장. 어무이, 나이롱 노려본다.

어무이   염병을 하네. 어휴.

손명준   어디 갔다가 이제 와?

어무이   너희 아부지 인자 소변줄 떼부렀다.

어무이, 소변줄과 오줌통 분리한다. 명준, 오줌통 보지도 못하고 고개 휙 돌린다. 코 막는다. 어무이, 그 모습 보고는 한숨 쉰다.

어무이   인자 안녕인게.

손명준   그럼, 대소변 가리는 게 어디야. 은총이지. 은총.

어무이, 침상의 이불 바르게 편다. 베게 제자리에 놓는다. 그리고는 옷가지들 짐 가방에 주워 담기 시작한다.

손명준   또 빨래 해오라고?

어무이   (물건들 담는다)

손명준   집에 갖다 놓으라고?

명준, 번뜩, 심상찮아 어무이의 짐 가방 부여잡는다.

손명준 왜 대답이 없어?

어무이 인자 그만 너희 아부지랑! 안녕이란게!

누나, 빈 휠체어 밀면서 등장. 어무이, 빈 휠체어 잡아끌다 짐 가방 옮겨 담는다. 누나, 휠체어째로 침대에다 짐 쏟아낸다.

누나야 고만해! 아빠 언어 재활 내가 잘 데려다 줬잖어.

어무이 나가 동네북이여?

손명준 왜이래?

누나야 왜 이러긴. 니가 하루 종일 병원에서 뒤치닥꺼리 해 봐.

손명준 누나. 나는 뭐 놀아? 아침부터 서류 뗀다고 이리 갔다 저리 갔다,

어무이 너희 아부지 어떻게 되든가 말든가, 니들 알어서 해.

누나야 나이롱 그 아저씨 내가 족칠게. 응?

손명준 아재가 엄마 건드렸어??

어무이 환자보고 자꾸 담배 한 대 필라요 물어봐 싸니께 나가 다 엎어 부렀제. 염병, 죽다 살어난 사람한테 뭔땀시 담배담배 노래를 불러싼대!

누나야 그렇게 아빠 위한다는 사람이 지금 짐 싸들고 나가?

어무이 다 필요 없당게! 너희 할머니 땀시 송신 나 죽겄다잉,

누나야 레퍼토리 시작이네.

손명준 내가 다시 전화 드렸어. 몇 달 뒤엔 퇴원할 테니까, 걱정 말라고.

어무이 그놈의 장남! 큰 며느리! 집구석 엉망인디 제사는 뭔 놈의 제사여?

누나야　니가 할머니한테 얘길 좀 해봐. 병실에서 제사 지내란 소리야?

손명준　할 말 다 하면서 어떻게 살아. 엄마도, 그냥 좋게 좋게…

어무이　다른 데 시집가란 소리냐고, 나가 그 소리까지 해부렀다.

누나야　(어무이 짐 가방 얼른 뺏어 품에 안는다)

어무이　머리 복잡해 죽겠는디 너희 아부지는 언어 재활 안 간다고 뻗대고 안 있냐, 집에 가자고 가자고 난리를 피운디 나이롱 환자 그놈은 내가 우스워 보이는가 자꾸 시비조란게. 명준이 니놈은 맨날 아부지 얼굴도 안 보고 휙 가버리고 말이여. 집구석 무슨 일 있든지 말든지, 바깥으로만 나 댕기는 거는 천상 지 아부지 탁했당게!

누나야　머리 복잡할 거 뭐 있어? 아부지 그렇게 집에 가고 싶어 하면, 그냥 퇴원하자니까.

손명준　퇴원하면 뭐가 달라져? 얼굴 본다고 뭐 달라지냐고.

누나야　아빠, 너만 기다리셔. 들렸다가 그냥 갈 거면 뭐 하러 와?

손명준　내가 여기 있고 싶겠어?

누나야　얘도 레퍼토리 시작이네.

손명준　다들 좀 냉정하게 생각해. 현실을 보라구! 병원비 누가 감당하는데? 집도 못 팔아, 차도 안 팔려, 엄마는 일도 안 구해. 나중에 비빌 데는 할머니밖에 없어. 거길 왜 건드려?

어무이　뭐? 비빌 데?

어무이, 뒷목 잡고 쓰러진다.

2장

커튼 친 상태로, 커튼의 바깥 테두리에 긴 트랙만이 보인다. 아부지, 뻥튀기 봉지 한 손에 들고서 힘겹게 한 걸음 한걸음 걸어간다. 몸이 마음대로 움직이지 않지만 열심히 걷는다. 손이 저리는 듯 폈다가 접었다가 한다. 뻥튀기 봉지 뜯어서 하나만 먹어 볼까, 싶다가도 다시 트랙 끝 출입구 쪽을 향해 걷는다. 한참 걸어서, 트랙 끝 원무과 콘솔에 도착한다. 아부지, 혀가 제대로 움직이지 않아 말이 더듬더듬 느리지만 또렷하게 발음하기 위해 노력한다.

아부지 퇴워, 퇴워 할라카느데,

띵동. 하는 소리. 나이롱, 등장. 멀리서 아부지를 향해 성큼성큼 걸어간다.

나이롱 내 차렙니더. 저기 번호표 뽑아 오이소.

아부지 둘러본다. 반대편 트랙 끝, 번호표 뽑는 기계 보인다.

아부지 퇴워만, 하자, 퇴워.
나이롱 혼자서 무슨 퇴원을 한다 그랍니까? 혼자 몬 합니다. 보호자 데리고 오이소.
아부지 아이. 아이다. 내 가다 오께. 알았다.

아부지, 트랙 보면서 심 호흡 해 본다. 힘겹게 힘겹게 한 걸음 한 걸음 떼면서 번호표 기계로 향한다.

3장

어무이, 침상에 누워 있다. 명준, 누나, 어무이를 골똘히 쳐다본다.

누나야 퇴원하자.

손명준 그럼 병원비는?

누나야 나중에 퇴원한다고 병원비가 어디서 생겨?

손명준 애매하게 퇴원했다가, 어중간하게 걷고 어중간하게 말하면, 그게 다 무슨 소용이야? 정상적으로 말하고 걸을 때까지,

누나야 아빠 정상이야. 지금도 충분히!

손명준 아부지 하나 때문에 지금 줄줄이 도미노야. 돈 들어갈 데가 한두 군데인 줄 알아? 정상이라는 말이 나오냐구.

누나야 퇴원해야, 엄마가 일이라도 구하지.

손명준 엄마 일 안 해. 평생 사회생활 한번 안 해 봤잖아. 엄마가 왜 지긋지긋해하면서 퇴원 안 하는 줄 알아? 돈 벌기 겁나고, 가장 되기 겁나고, 앞으로 일 짐작도 안 되니까, 그래서 그냥 여기 계속 있고 싶은 거라구.

누나야 그거… 니 얘기 아니구?

사이.

손명준 많이는 못 벌어도, 아부지 좀 더 정상으로 돌아올 때까지는 뒷바라지할 수 있어. 내가 어떻게든 아부지 차도 팔고,

누나야 그 차, 아부지 차 말인데, 아무래도,

어무이, 일어나지도 못하고, 얼굴을 감싸 쥔다.

어무이　그라제. 돈 벌기 겁나고, 가장되기 겁나고, 앞으로 일 짐작도 안 된다잉.

누나야　엄마.

어무이　사는 거이 참말로 징하다잉. 그래도 너희 아부지 좀 보란게. 하루하루 달라지는 거이 보여. 눈빛이 달라진당게. 그 좋아하는 드라마, 너희 아부지 보지도 못했어. 말하는 거 따라가질 못해가지고. 시상에 인자는 드라마 본당게? 다 챙겨서 봐야. 오늘은 뭔 드라마 하는 요일인지 맨날 물어본단 말이여.

손명준　거 봐. 조금 더 기다리면,

누나야　아부지 많이 좋아졌어. 드라마가 뭐 병원에서만 해? 집에서 티비 보면 되잖아. 내가 맨날 왔다 갔다 하면서 말 걸어드리고,

손명준　누나랑 전문가랑 같아?

누나야　별거 없던데 뭘.

손명준　숙제 보니까 전문성이 있더만. 눈은 어떻게 내릴까요?

누나야　그거 다 내가 푼 거야.

손명준　그걸 누나가 왜 풀어?

어무이　아따, 고만 좀 싸워라잉. 머리 울린게.

누나야　다 너같이 사는 줄 알아? 사람이 어떻게 정답만 찾고 앉아 있어. 아빠 웃겨. 처음에만 골똘히 풀다가, 나중에는 그냥 아무데나 체크한다니까. 그래서 내가 대신 풀어준다. 왜!

손명준　다들 정신 차려! 뻥튀기도 내가 다 갖다버리라 그랬지. 아부지 과자 드시면 안 된다니까. 아부지 환자야. 독하게 마음먹어야지.

누나야　뻥튀기도 못 먹으면 그게 사람이냐?

손명준　그럼 말도 못 하고 걷지도 못하면 그게 사람이야?

누나야　과자니 음료수니 입도 안 대시던 양반이, 나한테 뭐라고 한 줄

알어?

어무이 또 매점 간 거여?

누나야 엄마 병실에서 나가자마자, 나 붙잡고, 한 글자, 한 글자, 천천히 말하는 거야.

어무이 뭐라고 한다.

누나야 …니, 내, 아이스크림, 아이스크림 하나만, 사주면 안 되나.

사이.

손명준 그 좋아하는 소주도 못 드셔서 어떻게 하나.

어무이 병원에 일찍 갔어야 하는 건데.

누나야 119에 신고 빨리 했어야 했는데.

손명준 얼른 차타고 모시러 갔어야 했는데.

어무이 원래 당뇨니까, 또 다리가 저린가 보다,

누나야 그 우직한 사람이, 왜 이렇게 멍청한 눈으로 있나, 눈물이 막 쏟아지는데,

손명준 대답할 수 있는 게 아무것도 없더라구.

누나야 입을, 못 떼던 걸.

손명준 아니, 나 말야.

누나야 너?

손명준 구급차 타고 가면서도, 구급대원이 뭐라 물어보는데, 나는 아무것도 아는 게 없더라구. 그 정신에도, 아부지가, 다 대답했어. 담배는 하루에 두 갑 피운다고, 이렇게, 손가락 두 개. 혈압약 먹냐고 하니까, 고개 끄덕. 어제 술 자셨냐 하니까 절레 절레. 나는 아무것도 몰랐지. 담배는 하루에 얼마나 태우시나. 술은 어제 자셨나, 간밤에 꿈은 꾸셨나…

어무이   인자 다 지난 일이여··· 뇌졸중인디 살아있는 것만 해도 감지덕
지 아니냐. 네 탓도 내 탓도 아니랑게.

손명준   아부진 왜 안 와? 나 왔다갔다고 해.

어무이   쪼깐 있어 봐야. 지끔 시간이 몇 시나 되었다냐?

누나야   언어 재활 끝날 때 벌써 넘었는데?

어무이   이 시간까지 안 오고 어디서 뭐한대.

어무이, 침상에서 내려온다. 부축하는 명준과 누나.

4장

아부지, 원무과 콘솔에 번호표 내민다. 나이롱, 그 모습 구경하듯 바라본
다.

아부지   퇴워, 퇴워 할라카느데,

올려다본다.

아부지   버언호 416버 맞다 아이가? 퇴워! 퇴워 해도!

나이롱, 아부지에게 다가간다.

나이롱   퇴원할라모 저리로 가셔야지예. 창구가 틀리다 아입니까. 있어
보이소.

나이롱, 번호표 뽑아다가 아부지에게 준다.

나이롱　담배 한 대 피실랍니까?

아부지, 나이롱의 얼굴을 물끄러미 본다.

아부지　아이다. 필요 엄따!
나이롱　아까는 죄송했심니더. 그마이 드센 마누라랑 살라면은 힘들지예? 농담 좀 한 거 가지고 그 여편네 와 그랍니까? 좋게 좋게 좀 하면 될긴데. 좋은 게 좋은 기다 아입니까! 내는 갑니다. 몸 조리 잘 하이소.

아부지, 번호표 들고서 손을 바들바들 떤다. 나이롱을 따라 간다. 턱없이 느리다.

아부지　야! 이, 야! 야 이 개새, 야 이 새기야!

나이롱 돌아본다.

나이롱　뭐라꼬예?? 내 불렀습니까?
아부지　니, 니니니니, 니, 딱 있어 봐라이,
나이롱　아들내미도 왔드만. 혼자 그라고 있지 말고, 아들 불러가 시키이소. 그 몸으로 뭐를 할끼라고…

나이롱, 뒤돌아 갈 길 간다. 퇴장. 아부지는 나이롱을 쫓아, 힘들게 힘들게, 쫓아간다. 번호표 내던진다.

아부지　개새끼, 개 호로, 개 호로. 잡새끼…

아부지, 원무과 돌아본다. 내던진 번호표 주우러 간다. 번호표 줍고는 고개 숙인다. 다시 원무과로 향한다. 나름 속도가 빨라졌다. 원무과 콘솔에 도착해서 번호표 탁 내려놓는다. 숨이 가쁘다.

아부지　퇴원할 거라 캐도, 퇴워. 내 호온자 해도 된다. 퇴원 되는 기 마앗제?

아부지, 돌아선다. 트랙 반대편 끝으로 향하며, 계속해서 읊조린다.

아부지　지에, 가끼다. 집에 가야 된다. 그게 맞다, 집에 가야 된다. 그래야 된다.

숨 몰아쉬며 벤치에 천천히 앉는다. 뻥튀기 뜯으려다 만다.

아부지　우리 딸이 사주운 긴데, 아껴 무욱어야지. 우리 아들 왔나. 이 노무 손, 트을림업시, 바로 갔을 기다. 내 어구도 안 보고. 내가 얼른 가삐야 된다. 집으로.

주머니에서 열쇠 꺼낸다. 열쇠 여러 개 중에 하나 집는다.

아부지　내 차. 그 차가 어떤 차인데.

앉아서 엑셀 밟는 시늉.

아부지　에세. 브레이크. 에세. 브레이크. 좌 까빡. 우 까빡.

　　　핸들 잡는 시늉 하려다 자리에서 일어난다. 끙차. 앞으로 힘들게 걸어 나
　　　간다. 엘리베이터 띵 하는 소리. 한 걸음 내딛는다.

5장

　　　명준, 누나, 어무이가 출입구 문을 열고 트랙 끝으로 달려간다. 명준, 둘
　　　러보다 번호표 뽑으러 간다. 쪼르르 누나와 어무이 따라 붙는다.

손명준　뭘 눌러야 해. 증명이야 수속이야, 접수야?
누나야　증명 아냐?
손명준　증명?
누나야　퇴원 수속 증명!
손명준　그 증명이 아닐 텐데. 보험사 서류 떼는 거 아냐?
어무이　그랑게 접수부터 해야제. 민원 접수.
손명준　우리가 새로 지금 뭘 접수할 게 아닌데요?
어무이　뭐든지 접수부터 시작이랑게? 접수부터 혀.
누나야　야! 그냥 다 뽑아! 세 명 나눠서 기다리게.
어무이　나이롱이 거짓말한 게 틀림없당게? 이라고 복잡한 거를 너희
　　　　　 아부지가 그 몸으로 어떻게 한 대!
손명준　진짜로 퇴원이라도 했으면 큰일이잖아. 확인부터 해.
어무이　정산도 안 했는디 그라고 쉽게 퇴원시켜 준대.
누나야　일단 아부지 찾는 게 먼저인 거 아냐?
손명준　여기 다시 입원하려면 대기자가 몇 명인 줄이나 알아?

누나야	지금 여기 원무과 대기줄이 몇 명인 줄은 알아?
어무이	하이고. 일단 뽑아라잉. 기다리다 날 새겠는게.

어무이, 누나 벤치에 앉는다. 명준, 번호표 들고 서성인다.

누나야	이왕 이렇게 된 거, 퇴원 해.
어무이	하루하루 달라진 게 눈으로 보인다니까!
누나야	집에 가 봐. 기억할 거 천지여서, 상태가 더 좋아질 걸?
어무이	기억하고 싶은 것만 기억하믄 쓰겠냐! 생소한 거를 많이 봐야 써. 붕대. 천장. 링거! 그런 걸로다가.
누나야	참으로 유익하네. 아부지 얼마나 답답하겠어! 오죽하면 당신이 직접 퇴원 수속 밟을까.
어무이	암만 생각해도 이거는 말이 안 된당게. 접수 증명 수속을 너희 아부지가 다 한 칼에 해결해 부렀다고? 미션이 한두 개가 아닌디?
누나야	그러니까, 오죽하면,
손명준	여긴 내가 있을 테니까, 아부지 좀 찾아봐. 어딜 갔는지!
어무이	옴마. 너희 아부지를 지금 어서 찾는대?
손명준	아부지 어디 갈 데 없어?
누나야	매점?
어무이	겨우 매점이나 갈라고 퇴원해 부렀다고야.
누나야	어딜 간 거야. 이 코딱지만 한 병원에서.
손명준	여기 부산에서 제일 큰 재활 병원이야. 신축이고!
누나야	어휴.
어무이	틀림없이 밖으로 나갔당게. 맨날 차 타고 여기저기 바깥으로다 나다니던 양반 아니냐.

손명준   그러니까 좀 찾아봐! 멀리는 못 가셨을 테니까!

어무이   그러다가, 전부 엇갈리면 어쩔라고 그란대. 하나는 병원에 있어야제! 나가 병원에 있을 텐게. 너희 누나랑 댕겨와. 나는 여기 길도 모른게.

누나야   횡단보도라도 건너시다가, 쓰러진 건 아니겠지?

어무이   그라믄 연락이 왔겠지. 팔찌 차고 있잖여.

누나야   점심도 못 드셨는데. 저혈당 오는 거 아니야?

어무이   워메워메. 이라고 심장 떨린디 어디 가서 찾아온대. 나는 못 해.

방송 소리 들려온다.

방송   개나타, 개나타 가600820, 차주 분 차 빼세요. 아아. 다시 한 번 알립니다. 장애인 주차 자리에, 개나타 가600820 차주 분 차 빼세요.

누나야   니 차 아냐? 아부지 차 타고 다니잖어.

손명준   아냐.

누나야   개나타 맞는데?

손명준   번호가 달라.

어무이, 번뜩 주머니 뒤진다.

어무이   옴마. 열쇠가 없다잉. 시상에. 열쇠가…

손명준   집 열쇠?

어무이   차키! 너희 아부지, 차키…

사이.

누나야 에이, 설마, 설마 운전하시려고⋯ 설마, 제대로 걷지도 못하시
        는 분이⋯
손명준 아부지 제발! 그냥 가만히 좀!!

명준, 번호표 던진다. 주저앉는다. 어무이, 명준을 일으켜 세운다.

어무이 아직 안 늦었어야. 차 어따가 댔는지 알제? 요 얼굴. 얼굴 딱
        보고 얘기해야 써! 도망갈 생각부터 하지 말고, 똑바로 마주 보
        는 거여. 아부지, 그거면 충분혀. 뭐단다고 이리고 섰냐. 얼른
        가야!

명준, 트랙 끝으로 향한다.

6장

아부지, 뻥튀기 품에 안고 서 있다. 차키 버튼 누른다. 멀리, **뿅뿅** 하는
소리. 소리가 날 때마다 커튼 뒤로 자동차 전조등처럼 불빛이 번쩍인다.
아부지는 소리 난 지점까지 힘들게 걸어간다. 바닥에 털썩 앉기도 한다.
기다린 듯 차 경적 소리 울린다.

아부지 죄소함니다. 죄소함니다.

아부지, 힘들게 일어난다. 다시 일어나 버튼 누르고, 소리 난 지점까지 걸
어간다. 도착해서 다시 버튼 누르면, 또 다른 곳에서 소리가 난다.

아부지　부며히, 여기 소리가 나는데…

둘러보다가, 다시 소리 나는 지점까지 걸어간다. 차가 쌩 지나가는 소리. 덜컥 아부지 자리에서 멈춘다. 가쁜 숨 몰아쉬다 다시 버튼 누른다. **뿡뿡** 소리. 점점 소리가 커져 갈 때쯤, 명준 등장. 아부지 앞에 선다. 아부지, 명준 올려다본다. 다시 고개 숙인다. 지나쳐 걸어간다. 다리를 거의 절다시피 한다.

손명준　어디 가시는데요!

아부지　비키라.

손명준　어딜 가시는데요. 예? 환자가 병원에 있어야지 어디를 자꾸,

아부지　비비비비, 비, 비키라.

손명준　차는 뭐 할라고요.

아부지　(차키 버튼만 누른다)

손명준　아부지 운전하실려고요?

아부지　(고개를 숙인다)

손명준　아부지 환자에요. 환자!

아부지　…내, 내 환자 아이다. 내… 내, 내내내! 내 빙시 아이다!!

손명준　누가 아부지 빙시라 했어요! 차도 팔 거예요. 할부금 못 갚는다구요!

아부지　무신… 무 무무, 무신… 두 달, 두 달만 갚으모, 되다, 저 차가, 어떤 찬데, 파라? 저 차가 어떤 찬데…

손명준　저는 감당 못 해요. 지금 있는 똥차도 버겁구요. 두 달도 아니고, 2년 남았어요. 2년. 아시겠어요?

아부지　니 물려주울라 캐다. 니 장가가 때, 트럭 모고 가는 기 쪽팔리가, 그래서 내, 이 나이에, 전보옷대, 전보옷대 올라가가, 까치

집도 털고, 내가, 내가…돼따. …차 키 도라.

손명준 아부지… 운전, 이제 못 해요. 핸들 못 잡는다구요!

아부지 내가, 내가 니 운저 가르쳐줬는데, 어데 니가, 아부지한테, 어데서 니가, 대대대, 대들고,

손명준 아부지만 다쳐요? 괜히 엄한 사람까지 다쳐요. 차 못 몰아요! 절대!

아부지, 잘 움직이지도 않는 손발로, 핸들 잡는 시늉을 해가며, 눈을 반짝인다. 명준, 그 모습 쳐다보지도 못하고, 바로 고개 숙인다.

아부지 봐라. 자 아부지 함 봐라. 에세! 에, 에세. 브레이크. 좌 까빡. 우 까빡. 아부지, 하 수 있다. 아부지 비비비, 빙시 아이다. 내, 내 지끔도, 다, 하알 수 이따. 정상이다.

손명준 누가, 누가… 아부지더러… 아부지… 이제는, 같이 해야 되요. 혼자서는 안 돼요. 밭에도 홀랑 혼자 갔다 오지 말고, 산책도, 어무이랑 같이 다녀야 되고, 이제는, 같이 살아야 된다구요. 고기도, 아부지만 굽지 말고, 제가, 제가 구워서, 쌈 싸드릴 테니까, 일도 그만하실 때 됐고, 아부지 어디 가고 싶으면, 제가, 제가 모셔다 드릴 테니까, 맨날은 안 되고, 시간 날 때, 좀 지나서, 여유가 좀 생기면, 아니, 꼭 그렇지 않아도, 그게, 그러니까,

명준, 얼굴을 가린다. 아부지, 명준 얼굴 어루만지려다, 손을 거둔다. 명준 지나쳐서 걸어간다.

아부지 따… 따, 따 라 오 지 마 라!

손명준 어디 가실 건데요. 어디 가시냐구요! 그것만 말씀 좀 해보세요!

　　　　　　어딜 그렇게 가시려고!!!
아부지　　우리, 우리 아드, 아드 보러.
손명준　　…저요?
아부지　　이 노무 손, 우리 깐도리, 깐돌이, 보러.
손명준　　저 여기 있잖아요. 여기!
아부지　　니느, 니니니니 니느… 내가 병원에 있으모, 내 어굴도 안 보고, 가삔다.
손명준　　맨날 오잖아요. 맨날! 두유 한 박스 들고 맨날!
아부지　　병워에 있으모, 우리 아드 얼굴 못 본다.
손명준　　아부지!
아부지　　집에, 집에 가야 되다. 가느 게 맞다. 그게 맞다.
손명준　　병원에 계셔야 한다구요. 환자라구요!
아부지　　내!!!!!!!!!! 환자 아이다. 비비비 빙시 아이다. 내는… 니 아부지다. 아부지.

아부지, 휙 뒤돌아선다. 차키 버튼 누른다. 버튼 세게 누르다 못해 차키 떨어진다. 주우려는데, 몸이 마음대로 듣질 않는다. 손에 쥐었다가도, 자꾸만 차키 바닥에 떨어진다. 명준, 다가가 뺏듯이 차키 줍는다. 아부지 일으켜 세운다. 아부지, 있는 힘을 다해 명준 뿌리친다.

아부지　　놔라. 내 하알 수 있다.

아부지, 겨우 일어선다. 명준, 차키 눌러본다. 아부지, 차키 받을 생각도 않고 소리 나는 곳으로 향한다. 명준, 달려가 아부지의 손에 차키 쥐어준다.

손명준　　아부지 맘대로 하세요. 평생을 아부지 맘대로 하고 사셨잖아요!! 언제부터 그렇게 저 보고 싶어 했다고 그러세요? 이제 와서! 그게 다 무슨 소용인데요? 말도 제대로 못 하고, 제대로 걷지도 못하시면서… 이제 와서, 얼굴 마주 보고, 도대체 무슨 말을…

명준, 눈물이 쏟아지자 휙 돌아선다. 천천히, 아부지와 멀어진다. 아부지, 명준의 뒷모습 바라본다. 목이 멘 채로 목소리 터져 나온다.

아부지 며, 며엉, 명준아. …손,명.준이!!!!!!!!

명준, 아부지와 마주 보고 선다.

아부지 가지 마라. 아부지 놔두고 가지 마라. 니 매앤날. 아부지 얼굴도 안 보고… 가지 마라.

아부지, 다리에 힘이 풀린다.

아부지 내, 내 혼자서, 형제드을 어버 키우고, 아무도 안 갈차 주는데, 기술 배아가, 니 제대로, 어얼굴도 몬 보고, 먹고 산다고, 바빠아가, 핸들도 넘하안테 안 맡기고, 내가, 내가 고기 굽는 것도 그래, 안 맡기 봤는데, 니 아부지가 이래가 되나. 으이. 인자, 인자 이 손으로 우예 사노.

손명준 여기 있네… 이 노무 손. 잡아요, 아부지. 우리 없으면 없는 대로, 다시 시작해요. 지금도, 아부지… 충분히, 아부지 같다니까. 같이 가면 되지… 서로 의지하면서… 이래 얼굴 보고… 더듬더듬, 말도 하나도 안 통할 것 같아도, 뭔 말인지 다 아는데. 그러면 됐지. 진작에. 진작에… 얼굴 보고… 얘기할 거를.

명준, 아이 달래듯 아부지의 눈물을 닦아준다. 아부지에게 등을 내민다.

손명준 가요. 아부지.

아부지, 머뭇거리다, 명준의 등에 업힌다. 명준, 슬쩍 아버지 얼굴 본다.

손명준 오늘 아부지 얼굴 보기가 얼마나 힘들었는지.
아부지 너희 엄마는… 괜안나.
손명준 네.
아부지 그라고… 내… 지짜로 퇴워하는 거는 안 되나?
손명준 네.
아부지 …맞나.
손명준 흐흐. 가서 다 같이 한 번 얘기해 봐요.
아부지 명주운아.
손명준 왜요?
아부지 저어기… 뻐엉튀기 흘린 거, 주워가꼬 가자.

명준, 잠깐 휘청인다. 다시 자세 고쳐 잡고, 뻥튀기 향해 아부지를 업은 채 힘들게 한 걸음 한걸음, 걸어간다.

7장

명준, 커튼 열어젖힌다. 누나와 어무이, 침상을 중심으로 앉아 있다.

손명준   저 왔어요!

들고 있던 뻥튀기 침상에 놓는다.

어무이   왔어?
누나야   뻥튀기는 내 건데. 두유 사 와야지!
손명준   나도 아부지 뻥튀기 사 줄 거야. 왜!
누나야   차키 위조하고 있다야.
어무이   이건 그대로 두고, 열쇠만 바꿔야지. 못 알아채게.
누나야   손톱이 없어서, 힘들어.
어무이   줘 봐.
누나야   이랬는데 아부지 진짜 차키 꼽아보면 어떡하지?

누나, 열쇠 꾸러미 흔들어 보인다. 반짝인다.

누나야   아부지 모르시겠지?
손명준   아부지가 어떤 사람인데. 바로 아실 걸.
어무이   엑! 힘들게 바꿔놨더니.
손명준   알고도 모른 척하실 걸, 아버진.
누나야   엥?
손명준   다 들켰잖아. 한 번도 얼굴 마주한 적 없는 거.

침상 지그시 본다. 침상 위, 크게 붙어있는 달력 보인다. 달력 찢는다.

누나야   아직 하루 남았잖어!
손명준   내일이면 새해인데 뭘. 아부지는 어디 갔어?

어무이   보고 가게?

손명준   얼굴 뵙고 갈래.

어무이   인자 올 때 다 되얏는디. 하루 종일 걷는당게. 새해 목표가 뛰는 거거든. 달려보는 거.

아부지, 허리를 곧게 펴고, 한 걸음 한 걸음 걸어온다. 가뿐하다.

손명준   아부지! 저 왔어요!

아부지   차 막힌다. 얼른 드으르가라.

손명준   뭘 오자마자 가라 그래요?

아부지   밖에, 누운 온다.

누나야   눈???

누나, 달려 나온다.

누나야   영 춥더만. 부산에도 눈이 오네.

어무이   눈이 온 게 그른가. 내 춥드만은 오늘은 날이 좀 따숩다잉.

아부지   차 마힌다니께네. 어얼르은, 드가라.

손명준   우리, 가출 말고 외출이나 할까?

누나야   눈싸움이나 해야지.

어무이   나는 가출할랑게. 인자 그만 안녕이여.

손명준   엄마!

아부지, 피식 웃는다.

손명준   나가서 국밥이나 한 그릇 먹자.

누나야   눈 오는 날에는 재첩국이지.

어무이   감자탕.

아부지   …시래기국.

손명준   일단, 다 같이 가자! 누나는 짐 챙기고, 아부지는 잠바 걸치고, 어무이는 지갑 챙기시고? 살살 가 보입시다! 눈이 어떻게 내리나 보자.

모두 함께 서로를 얼싸 안고 부축하며, 눈 내리는 광경을 보듯 환한 표정으로- 앞으로 한 걸음씩 나아간다.

막.

■ **당선소감**

　작가는 저마다 자신만이 쓸 수 있는 절망과 희망을 부여받습니다. 저만이 오롯이 담아낼 수 있는 고통과 환희에 대하여 쓰는 작가가 되겠습니다. 극작가는 인간의 행동을 포착하고 드라마를 일으키는 예술가입니다. "그럼에도 불구하고"를 무대에 불러내는 작가인 것입니다. 고통스러운 시대에 그럼에도 불구하고 희망을 소환해내는 극작가가 되고자 합니다. 모순에 관하여, 드라마로서, 인간의 근원을 향해 나아가려고 합니다.

　〈도착〉은 가족에 대한 저의 절망과 희망이 녹아 있습니다. 일자리를 포기할수 없어 적지 않은 나이에도 전봇대에 올라가 고압전기를 만져야 했던 아버지가 뇌졸중으로 쓰러지고, 우울증으로 반평생을 힘들어했던 어머니는 그런 아버지를 간병하다 몇 번의 자살 시도를 했습니다. 어린 나이에 벌써 딸을 둔 저의 남동생은 딸을 키우랴 아버지와 어머니를 부양하랴 혼자서 큰 짐을 떠안고 말았습니다. 그 와중에 꿈을 놓칠 수 없던 저는 학교를 다니느라 가족들에게 별 보탬이 되지도 못하고 야간 아르바이트와 병행하는 학교생활에 허덕였습니다.

　그럼에도 불구하고, 우리는 살아가야만 한다는 희망을 쓰고 싶어 완성했던 작품이 바로 〈도착〉입니다. 구질구질한 일상에 위대한 일상이 있고, 구정물이 썩어가는 가장 어두운 곳에 가장 영롱한 빛이 있습니다. 무너짐은 그저 폐허인데, '남아있다'고 주장하고 싶습니다. 무너졌음에도 남아있고, 남아있음에도 무너질 수 있으리란 것을 끊임없이 환기해내려 합니다.

　지난 한 해, 서울예대에서 사학비리에 대하여 학우들과 함께 "예대의 주인은 학생"이라며 저항했고, Me_Too 운동으로서 피해 후배들과 함께 예술이란 이름으로 행해진 미성년 성범죄와 부당한 권력 구조에 대하여 고발했습니다. 학교의 시위에 참여하고 미투 운동 가해자의 재판에 증인으로 서느라 한 해 동안 단 한 편의 작품도 써내질 못했습니다.

　그러나 11월, 재난과 죽음에 누구 하나 책임지는 사람이 없는 현실에 대하여 그럼에도 불구하고 저마다의 책임을 떠안고 극복해나가는 이야기의 작품 〈발화〉가 국립극단 희곡우체통 공모에 당선되었고, 얼마 후 부산일보 신춘문예에 〈도착〉이 당선되었습니다. 당선 소식을 접하고 일순간 저는 먹먹해지고 말았습니다.

시대가 예술을 부를 때, 예술은 침묵하지 말아야 합니다. 보물은 항상 험한 데 있습니다. 힘든 고비를 자처하며 어려운 길을 골라 뚜벅뚜벅 걸어가겠습니다. 그리하여 마침내 연극으로 '도착'하겠습니다. '풍당풍당' '펑펑' '주룩주룩' 내리는 희망이 우리 모두의 마음속에 깃들기를 바랍니다.

저를 예술가의 길로 인도해준 조성대 선생님, 강추희 선생님, 장윤정 선생님, 김진대 선생님, 황현경 선생님, 황동근 선생님, 장성희 선생님, 고선희 선생님, 그리고 연극에서 드라마란 무엇인지 알려주신 조광화 선생님께 감사합니다. 심사위원 김남석 선생님께도 감사합니다. 힘이 되어준 경성대 연극영화학과 동기들과, 서울예대 학우, 직장 동료, 재판을 도와주신 많은 분과 사랑하는 친구들, 저의 가족들과 저의 꿈을 위해 가계를 홀로 책임지느라 힘들었을 남편에게도 고마움을 전합니다.

마지막으로 저의 운명과도 같은 예술가 세 사람, 정민찬 김근율 강현욱. 사랑합니다.

　　2019년 부산일보 신춘문예 희곡·시나리오 부문에 응모된 원고는 75편이었다. 희곡이 대략 2/3 정도였고, 시나리오가 나머지 분량을 차지했다. 한 해의 매듭을 짓는 시점에서 장삼이사들의 희곡과 시나리오를 읽는 삶은 그다지 나쁘지 않았다. 그들의 글 속에서 지난 1년의 삶과, 지금-우리의 삶이 교차 중첩되어 있었기 때문이다. 황지우의 말대로 내가 그들이라고 한다면, 우리는 분명 동시대의 동일한 관심을 가지고 있다는 나름대로의 확신도 얻을 수 있었다.

　　신춘문예에 투고된 글의 관심은 몇 가지 키워드로 정리될 수 있을 것 같다. 무작위로 나열한다면, 취업, 고독(사), 요양병원, 노인으로 산다는 것, (반려)견, 화장, 소음(소리), 1인룸(원룸), 계약동거 등이 그것이다. 이러한 소재들은 여러 편에 걸쳐 소재와 주제로 차용되었고, 그러한 문제의식에 관한 나름대로의 천착(문제의식이나 해결방안)을 어떠한 방식으로든(주로 문학적 방식이지만) 제시하려는 노력을 내보였다. 한편으로는 마음 아프고 다른 한편으로는 문학(예술)의 역할을 상기시킨다는 점에서 위안도 얻을 수 있었다.

　　당선작의 범주에 든 작품은 모두 세 작품이다. 병원에 입원한 아버지의 종적과 마음을 따르는 작품 '도착'과, 아주 오래된 사연을 끌어내는 듯한 작품 '다시 나비가 되어', 그리고 신선한 소재와 참신한 감각으로 무장한 '가족대여점'이 그것이다. 세 작품은 각기 다른 장점을 지니고 있었다. '가족대여점'은 가족의 존립과 그 문제를 새로운 시각으로 접근했다는 점에서 주목되었고, '다시 나비가 되어'는 형식 밑에 가라앉아 있는 은은한 과거지사의 격조가 좋았으며, '도착'은 안정된 대사와 대화 사이로 스며든 감정의 교류가 뛰어났다. 세 작품 모두 수상자의 품격을 갖추고 있었으나 희곡·시나리오 장르상의 특성상 공연 가능성이 가장 높고 무대 형상화에 근접한 작품이 수상 작품이 될

수밖에 없었다. 수상자에게는 축하를, 아쉽게 수상의 기회를 놓친 이들에게는
격려를 보내고 싶다.

서울신문 희곡 부문 당선작

우산 그늘

■

조은희

1996년 포항 출생
영남대학교 외식산업학과 중퇴
서울예술대학 극작과 재학 중

등장인물

우새미: 18살, 남자

우문준: 18년, 새미의 아빠

김연성: 40대, 여자, 새미의 엄마

무대

어두운 파란빛 조명. 조명은 무대 후면만 들어오며 그 빛은 관객석으로 뻗어나간다. 관객들은 소품과, 인물들의 그림자 속에서 무대를 관람한다. 무대 중앙을 제외한 후면의 극 상·하수는 조명의 빛이 흐릿하다. 빛이 흐린 어둠 속에서 인물들은 대기를 할 수 있다.

프롤로그. 새미의 학원 앞 / 저녁

빗소리. 그 소리는 폭우 같이 거세지만, 바람은 불지 않는다. 조명은 옅고 어두운 파란 빛. 무대의 전면 상수에는 연성이 우산을 들고 있다. 무대 전면 하수에는 문준이 우산을 들고 있다. 새미, 등장. 입으로 학생이 할 법만 욕을 중얼거리며, 매고 있던 가방을 머리 위를 가리듯, 든다. 새미는 무대 전면 중앙으로 뛰어온다. 연성과 문준. 동시에 돌아본다. 새미가 중앙에 선다. 웅덩이를 밟은 듯, 첨벙 소리가 난다. 문준과 연성은 동시에 고개를 객석으로 향한다.

문준   우새미! 아빠 왔다!

새미, 교복 바지가 젖은 듯. 욕을 하며 발을 들어 확인한다.

문준   아빠 왔다고! 바지 다 버렸네. 아침에 빨래 했는데, 또 세탁기 돌려야 해?
연성   새미? 혹시 너가, 우새미 맞지?
새미   예? 맞는데요? 이렇게 비 오는 날. 절 왜요?
연성   나야. 김연성.
새미   누구냐니까요.
연성   네가 처음으로 손가락을 쥔 사람.

새미는 연성을 돌아본다. 새미를 제외한 모두 앞을 보고 있다. 문준의 우산이 눈에 띄게 처지듯, 내려간다. 문준의 얼굴이 우산에 가려진다.

1장. 새미의 집 / 저녁

무대 후면. 옅은 하늘빛 조명과 노란 조명이 무대를 밝힌다. 무대 전면에
소형 테이블과 큐빅 2개가 있다. 문준은 무대 후면에 있다. 문준은 젖은
우산을 펼친 채 조명 앞에 둔다. 우산 모양의 그림자가 바닥에 그려진다.
동시에 무대 상수에 있던 새미가 연성을 어둠 속에 뿌리쳐 놓고, 비교적
밝은 전면으로 들어온다. 문이 닫히는 소리. 연성은 문을 두드리는 손짓
을 한다.

연성　　(문 두드리며) 새미야! 문 열어!

새미　　들어오지 마요! 이런 행동, 불법인거 아시잖아요?

문준이 손을 소매에 닦으며 무대 전면으로 이동한다.

새미　　아빠, 우산 또 저렇게 해놨어? 저러면 바닥에 물 떨어진다니까.
　　　　　바닥이 원목이라 물 몇 방울이라도 나무가 이리저리 운다고 말
　　　　　했잖아.

문준　　잘 기억하네? 내가 그랬었지. 나무라 이리저리 뒤틀린다고. 근
　　　　　데 물이야 닦으면 되는 거고. 우산은 접어서 보관하면 녹슬어.

새미　　어차피 내일도 비 오거든요. 추적추적. 약해지겠지만요.

문준　　갈색 얼룩보다는 낫지, 녹슬면 흉해지고, 가지고 다니기 싫어
　　　　　지니까.

쾅쾅쾅!

연성　　(문 두드리며) 새미야. 김새미. 인터폰 통해서라도. 얘기만 하자.

120

아니면 얼굴이라도.

문준 이제는 성까지 바꿔버리네.

새미 여기는 우문준, 우새미. 우씨 집안이에요! 잘못 찾아오셨어요!

잠시 잠잠하다.

새미 아빠 밥은?

문준 아까 낮에 햇볕 아래에 누워 있었는데, 배가 금방 찬 것 같더라니. 다시 출출해졌어.

새미 요즘 따라 먹구름이 자주 껴서 그래.

문준 그렇지? 아빠가 이상한 거 아니지?

새미 물을 걸 물어 아빠. 18년간 한 번도 그런 적 없잖아.

문준 한 번은 아니고… 눈에 띄지 않게 서서히. 는 아니겠지?

새미 아빠도 수명은 있을 거 아냐. 나 학원에서 꼬부랑 글씨를 너무 봐서 그런가. 배가.

쾅쾅쾅!

연성 새미야! 너가 나올 때까지 여기서 기다릴게. 나 기다린다!

문준 (무시하려는 듯) 배 고프지. 우리 야식 먹을까?

새미 오랜만에 배달시켜 먹자! 나 조금만 더 시켜 먹으면 배달 앱에서 아이디 등급 올려준대. 어때 아빠? 피자?

문준 아냐. 내가 해줄게. 금방이야. 군만두가 냉동실에 한가득이야. 자리 비좁아.

새미 아빠 힘들잖아요. 나도 이제 그것쯤은 알아. 뭐 시켜 먹을까? 그 전에 나 옷 갈아입고 올게.

문준	아빠가 이렇게 해줄 수 있을 때 먹어. 나 늙으면 해 달라 해도 안 해준다. 그땐 새미 네가 나한테 해 줘야지.
새미	말을 꼭 할아버지처럼 하네. 아빠 아직 한참 멀었어. 수명 240세 시대야. 120세 하프 세대도 훌쩍 넘은 지 오래구만.
문준	그건 너한테 해당되는 얘기고. 여튼 군만두 개수는 내가 알아서 한다? 다 먹어야 해?
새미	알겠어.

문준 무대 중앙 하수로 간다. 문준은 어둠 속에 있다. 문준은 무대 중앙을 등지고 있다. 문준은 앞치마를 맨다. 문준은 요리하는 시늉을 한다. 지글지글 소리가 난다. 새미는 교복 와이셔츠 단추를 푼다. 단추를 풀자, 반팔 티가 나온다. 새미가 교복 바지를 벗는다. 바지를 벗자 체육복이 나온다.

문준	교복 아무 데나 벗어두지 말고 방에 갖다 놔.
새미	개고 있어! 아빠는 맨날 보지도 않고 단정 지어!

새미는 큐빅 위에 교복을 아무렇게나 올려둔다. 새미는 무대 전면 상수로 이동한다.

새미	김이 많이 서렸네. 이러면 아빠가 계속 배고플 텐데.

새미는 호 입김을 분다. 와이셔츠 소매로 창문을 닦는 시늉을 한다. 그 행동은 느리게 진행된다. 그때, 쾅쾅쾅. 이번엔 아무 소리도 없다. 새미는 문준이 있는 무대 하수를 본다. 새미는 연신 눈치를 보며 연성이 있는 문으로 다가간다. 끼이익. 문 열리는 소리.

연성	새미..!
새미	쉿, 아빠 요리하러 갔어요. 여기까지 따라오면 어떡해요. 이 집에 지금 못 들어오는 이유, 제가 보낸 봉투에 다 담겨 있을 텐데요.
연성	사정이 있었어. 네가 모를 사정.
새미	그래요. 그쪽의 유전자를 인공 난자에 넣을 때도 제가 이해해야 될 사정이 있었나요? 몰랐어요. 아직 고등학생이라.
연성	난 연구원이었어. 첫 연구가 성공할 줄 누가 알았겠어. 성공해서…기뻤지만. 그게 널 데려가기 전에는.
새미	말 조심해요. 문 닫기 전에.
연성	지금 말씨름하자고 만난 거 아니야. 난 알고 찾아갔어. 너의 아빠가 널 데리러 온다는 것을 알고. 적어도 내가 엄마라는 건 안 밝혔잖아. 얼굴도 제대로 못 봤을 거야. 우산을 모자마냥 푹 눌러쓰고 있던데.
새미	엄…이란 단어는 내 앞에서 쓰지 마세요. 밝혀주지 않은 덕분에 난 아빠한테 그쪽이 게임 유저라고 밝힐 거예요. 제가 판 희귀아이템을 돈 주고 사러 온 게임 유저요. 그러니까, 조용히 가 주세요. 나머지는 서류로 이야기하죠.

새미는 문을 쾅 닫는다. 문준이 후라이팬을 들고 등장한다.

문준	받침대 없어? 받침대.

새미는 받침대를 까는 시늉을 한다.

새미	아빠 잔치 열어? 무슨 만두가 북한산처럼.

문준 그 사람은 갔어?

새미 어?

새미, 군만두를 입에 넣는 시늉.

새미 (후하후하대며) 아 뜨거! 음 그 사람? 내가 모바일 게임에 현질을 좀 해서, 아이템이 남더라고 그래서 판다고 했는데. 오죽 급했는지 우리집 현관까지 온 거야. 그래서 돌려보냈어. 요즘 사람들은 왜 이렇게 급한지.

문준 갓 튀긴 만두, 허겁지겁 혀 데이면서 먹은 놈이 할 말은 아니네요. 정말 간 거 맞아?

새미 갔어. 뒷모습도 봤는 걸.

문준 일부러 그 사람 것도 구웠는데. 그래서 많아졌어. 다 먹을 수 있지? 아들?

둘의 젓가락이 왔다 갔다 하나, 힘이 없다. 새미는 젓가락을 내려놓는다.

문준 야 우새미. 너 설마 벌써 다 먹은 거야?

새미 …입맛이 없어.

문준 말도 안 돼. 이거 다 어떡해? 아까는 다 해치울 듯이 굴더니.

새미 내일 아침 반찬으로 하면 좋겠다. 그래서 일부러 남기는 거야.

문준 그래 그럼, 아빠가 다 먹는다. 숟가락 줄면 나야 환영이지.

새미 나 먼저 씻을게.

새미 무대 상수로 퇴장. 문준은 젓가락질을 하려다가 내려놓는다. 아까 새미가 서 있던 창문 뒤에 선다. 창문이 바람에 흔들리는 소리가 난다.

문준   날이 흐리네.

문준은 새미의 교복을 갠다. 조명이 어두워진다.

2장, 새미의 학원 앞 / 낮

잔잔한 보슬비 소리. 연성이 우비를 입고 있다. 무대 상수에서 문준이 우산을 들고 등장.

연성   어?

문준   (혼잣말로) (웅덩이에 떨어지는 빗방울을 쳐다보듯) 다 큰 어른이 부끄럽지도 않나.

연성   네?

문준   고등학생이랑 거래하는 거 말이에요.

연성   그게 워낙 희귀한 아이템이라. 제 시간, 돈, 다 쏟아붓는 겁니다.

문준   난 그 애의 아빠에요. 계속 이러시면.

연성   새미 말을 진짜 믿네요?

문준   계속 이러시면 신고할 겁니다. 접근금지 신청도 내릴 거고.

연성   내가 걔 본명을 어떻게 알 것 같아요?

문준   보나마나 은행 계좌겠죠. 입금을 하라고 새미가 본명을 알려 줬을 거니까.

연성   난 당신 본명도 알아요. 새미가 이름 하나는 잘 짓네요.

문준   현실 세계로 돌아오세요. 맨날 게임만 하니까 현실과 가상을 분간 못 하잖아요.

문준은 연성의 반대 방향으로 돌아선다. 연성은 문준 쪽으로 돌아선다.

문준 제가 새미 대신 아이템값 배로 환불해 드릴 테니까. 거래 파기
하세요.

연성 걔가 먼저 연락했어요. 저한테.

문준 그러니까 배로 쳐드린다구요. 없었던 일로 합시다.

연성 우산부터 위로 올리고, 절 보면서 말하세요.

문준 그쪽 얼굴 보고 싶지 않아요.

연성 새미도 궁금할 겁니다. 항상 비 오는 날만 데리러 오는 당신을
요. 아무리 길이 물기로 미끄럽다고 해도요.

문준 내 아들이 유치원 생도 아니고, 그냥 산책 겸 데리러 온 거죠.
우산도 따로따로 쓰는 마당에 무슨 소리예요.

연성 우산 그늘 아래 숨어서 아빠 노릇하는 거 지겹지 않아요?

우산이 올려져 완전히 얼굴이 드러난 문준. 연성 쪽으로 돌아선다.

연성 당신은 기호랄 것도 없어요. 하나부터 열까지 새미한테 맞춰서
제작되었으니까. 근데 요즘 좀 지겨울 겁니다.

연성이 문준을 향해 한 발자국 다가간다. 우산끼리 부딪힌다.

연성 내가 당신 버전을 한 칸 올렸거든.

문준 이건 불법이야.

연성 원래 회수 절차예요. 알아요?

문준 새미 몸이 성장이 거의 됐다고 해도 완전한 성인이 아니에요.
회수는 2년도 더 남았다구요. 저는 새미가 대학가는 거까지만

지켜볼 거예요.

연성 온몸이 뜨거워지지 않나요?

문준 네?

연성 햇빛 쬘 때, 햇빛보다 몸이 더 뜨거워지지 않냐구요. 그러니까 방금 한 따끈따끈한 밥보다 밥을 먹는 인간의 몸이 더 뜨거운 것처럼요.

연성은 문준의 표정을 살핀다.

연성 전혀 이해가 안 간다는 얼굴이네. 다른 비유를 들어야 하나… 죄송하지만 당신 지능 지수가 몇 점이죠?

문준 예의를 지키세요.

연성 순수하게 묻는 거예요. 이런 질문, 귀에 딱지가 앉도록 들었잖아요. 당신 같은 존재를 위한 헌법이 나온 지 겨우 5년도 안 됐어요. 아직 개정 중이고요.

문준 새미가 더 잘 알 거예요. 당신 말대로 나는 하나부터 열까지 새미의 아빠니까.

지금 어떤 위치에서 당신이 일하고 있는지 모르겠지만, 저를 함부로 대할 자격 없습니다. 새미한테도 마찬가지예요.

연성 속이 새까맣게 타 들어서, 당신도 인간처럼, 건조해진 거예요. 이유는 당신이 알 테죠. 지금은 몰라도 나중엔 오히려 나한테 고마워할지도 모릅니다.

문준 인간처럼?(사이) 저는 아버지예요. 우린 잘 살고 있었어요. 아무 탈 없어요. 저는 그렇다 칩시다. 새미는요. 적어도 새미의 의사는 물어봐야 하는 거 아닙니까?

연성은 말이 없다.

문준 알면 돌아가세요. 새미가 어제에 이어 또 당신의 얼굴을 보기
　　　　전에요.

연성 정말 입을 떼기가 어렵군요.

문준 그래요. 신고가 두려우시겠죠. 이제야 말이 통하네요.

그때, 무대 하수에 새미가 서 있다. 새미는 어둠 속에 있다.

연성 한 달 전, 새미가 절 찾아왔어요.

새미는 서류봉투를 들고 있다.

문준 속임수 안 통해요.

연성 거짓말은 벌써 전부터 끝났어요.

새미의 팔이, 연성에게 서류 봉투를 건넨다. 연성, 봉투를 조심스럽게 받
는다.

연성 연구실 직원이 조용히 저에게 건네더군요. 새미가 보낸 서류였
　　　　어요. 저는 그것을 찬찬히 읽고 또 읽었어요. 마치 좋아하는 소
　　　　설의 구절을 반복해서 읽듯이요.

새미 '父 우문준의 소유권을 가진 子 우새미는 출생원의 절차에 따
　　　　라, 父 우문준을 회수함에 동의한다.'

연성 회수 담당이 내가 된 거예요. 그 아이가 손을 뻗어 감쌌던 손가
　　　　락의 주인공인 내가. 엄마인 내가. 드디어 제자리를 찾을 기회

가 온 거예요.

새미   엄마, 이제 돌아올 때가 됐어요.

연성   라고 말하는 것 같았죠.

문준   그걸 저보고 믿으라는 거예요? 새미는 어제도 내가 배고픈지 걱정했던 애예요. 그래서 아무데나 막 서명한 겁니다. 출생원에서 혹시 제 배터리를 갈아주지 않을까 해서요.

연성   도망가지 마세요.

문준   당신이 새미에 대해 무얼 말할 수 있죠? 손가락 하나 쥐어주었다고 해서. 당신 보다 두 마디 더 길어진 새미의 손이 그때와 같을 것 같나요?

빗소리가 거세진다. 문준은 연성에게 달려들 듯이 다가선다.

연성   아빠 노릇해서 얻은 데이터베이스, 하루면 다 읽을 수 있죠.

문준   그 데이터 베이스는 하루아침에 쌓인 게 아니에요.

문준은 우산을 바닥에 떨어뜨리듯 내린다.

문준   난 새미가 자라는 모습을 메모리에 18년 동안 차곡차곡 쌓았어요. 결코 무시 못 할 세월이에요. 그래서 엄마인 당신도 수없이 망설였을 겁니다. 그러다 서류를 받자 용기가 났고 여기까지 왔겠죠. 근데 당신이 잊은 것이 있어요. 내 데이터베이스는 읽어도 새미가 쌓은 기억들은 읽을 수 없음을 말이에요.

문준은 우산을 접는다. 문준은 상수로 퇴장한다. 새미, 무대를 돌아 후면 하수에서 전면 중앙으로 이동한다. 새미는 후드 모자를 쓰고 있다. 새미는 후드 주머니에 손을 꽂고 있다.

연성　새미야. 왜 비를 맞고 다녀. 감기 걸리게.

새미　얼굴이 다 젖은 건 제가 아닌 걸요. 꽤 오래 서 계셨나 봐요.

연성　우비가 그렇지 뭐. 만들 때, 머리는 안중에도 없었나 봐.

새미　이렇게 서 있으면 아빠가 절 데리러 왔다가도 발걸음을 돌리겠어요.

연성　네 아빠가 그렇게 쉽게 돌아서겠니.

새미　혹시 모르죠. 우리 아빠도 제가 이렇게 돌아설 줄은 몰랐겠죠. 그러니까 아빠도, 저도 서로 모르는 거예요.

연성　생각이 많아졌어. 혼란스러워.

새미　아빠가 나가면, 본인이 빈 자리를 채울 거라고 기대하시지 않았나요?

연성　오래된 일기도 망설임 없이 찢는 사람들이 있지. 우리 엄마도 그랬어. 새미 너는? 나라고 다를까?

새미　버려진 건 당신이 아니에요. 나라구요. 내가 태어나서 당신이 엄마가 되었잖아요. 근데 당신이 엄마라서 날 태어나게 한 것처럼, 괴로워하지 말란 말이에요.

연성　괴로워할 자격 없는 거 알아. 그땐 엄마라는 생각보다, 실험이 성공한 기쁨, 연구원으로서의 성취감이 날 지배했어. 지금에서야 두려울 뿐이야. 너도 혹시 날… 갈아 끼우듯 버리는 것이 아닌가.

새미 잠시 말이 없다.

새미　비가 점점 그치고 있어요. 빗방울 떨어지는 간격이, 뜸하네요.

연성	지금쯤이면, 네 아빠가 집에 도착했겠지.
새미	데리러 왔었군요.
연성	그래. 너도 알고 있는 것 같았어.
새미	맞아요. 아빠는 왜 비오는 날이면 날 데리러 왔을까요? 전 왠지 모를 안도감을 느꼈어요. 비 오는 날에는 우산 아래, 지나가는 사람들이 제 눈에 안 보이거든요. 절 괴롭히던 중학교 동창을 만나도 우산을 앞으로 조금만 더 내리면 대통령도 부러워할 벙커가 돼요. 숨은 거라 해도 좋아요. 근데, 아빠는 비 오는 날을 좋아하진 않았어요.
연성	이제 가자. 집으로.
새미	제 선에서 마무리하죠.
연성	너가 부추기겠다고?
새미	네. 아빠는 항상 구름이 없는 날을 좋아했어요. 그런 날에 집에 오면, 아빠는 창가에 서 있었죠.
연성	정말 너가 할 수 있겠어?
새미	내일 봬요.

새미, 후드 모자를 벗고 무대 후면 상수로 간다. 새미는 어둠에 잠긴다. 연성, 무대 하수로 가서 퇴장한다. 조명이 어두워진다.

3장, 아빠의 방 / 밤

드라이어기 소리. 무대가 환해지면, 새미가 문준의 머리를 말려주고 있다. 새미는 반팔 티셔츠 차림이다. 문준은 비에 젖은 생쥐 꼴이다. 새미는 드라이어기를 내려놓는다. 새미는 수건으로 아빠의 머리카락 나머지를 닦는다.

문준   이러니까 졸리다. 네가 어릴 때 조는 이유가 있었구나. 드라이
        어기 소리가 시끄러운데도 휘청휘청.

새미   자, 다 끝났어.

문준   이제 자리 바꾸자.

문준은 드라이어기를 손에 든다.

새미   내가 애야?

문준   다 큰 애다. 다 큰 애. 앉아.

새미   됐어. 나 수학 공부 좀 더 하다 자려고. 그리고 나 머리도 안
        젖었잖아.

문준   그럼 부엌 불은 네가 꺼라. 아빠 먼저 잔다.

새미   오늘은 안 붙잡네? 맨날 아빠 방에서 자라더니.

문준   너도 이제 다 컸잖아.

새미   일찍도 알아보셨네.

새미 무대 후면 상수로 이동. 스위치 소리. 새미, 베개를 들고 무대 전면
하수로 온다. 새미, 베개를 바닥에 놓고 눕는다. 새미는 관객석과 평행으
로, 옆으로 누워있다.

새미   부엌에 불 껐어.

문준   새미 네가 웬일이야. 달력에다 표시해야 하나. 파란펜으로 동
        그라미 치고, 아니, 동그라미 두 개.

새미   근데 아빠.

문준	응?
새미	우산은 말려 뒀어?
문준	그러엄.
새미	내일은 비 안 온대.
문준	….
새미	우산 어디다 놔 뒀어? 거실에 없던데.
문준	저기, 신발장 안 쪽에 넣어뒀어. 먼지 쌓이지 말라고.
새미	우산 안 젖은 거 알아.

문준은 말이 없다.

새미	아빠 비 맞는 거 싫어하잖아.
문준	비가 그친 줄 알았는데 계속 온 거 뿐이야. 조금씩 맞는 정도는 괜찮다고 생각했어.
새미	우산이 아빠보다 귀해? 우산은 커버까지 씌워서 가져와 놓고, 아빠는 비 쫄딱 맞으면 무슨 소용이야.
문준	그러고 보니 그렇네. 우산을 신주 단지 모시는 거처럼… 그렇게 품 안에 감싸고 집까지 걸어왔어.
새미	아빠도 아빠 생각 좀 해.
문준	(용기 내어) 이제 우산들 그만 펼쳐 놓고, 접어서 보관할 때가 온 것 같아.

새미, 무대 후면 쪽으로 돌아 눕는다.

새미	비 오는 날이 싫다는 말이야?
문준	그건 아니야. 여전히 좋아.

새미   그럼 내일 만날까. 아빠?

문준   자자, 새미야. 늦었다.

새미   나 아직 잘 생각 없어. 아빠는 항상 내가 잠드는 거 보고 잤잖
       아.

문준   내일은 맑아? 구름 한 점 없이?

새미   응, 쨍쨍해서 더울 수도 있대. 그래도 목도리는 챙기래. 이게
       무슨 말이야?

문준   겉 옷도 챙겨. 벗었다가 입을 수도 있는 거.

새미   걷기만 해도 배 부를 걸. 아빠 오랜만에 포식하겠네.

문준   새미야. 늦었다. 자자. 내일 학교 안 가니?

새미   이런 날 두 번 없어. 밤새도록 얘기하다 잘 줄 알았는데. 내가
       다 큰 게 아니라 아빠가 늙은 거 같아. 내가 다시 이 방에 자나
       봐봐.

       새미는 일어나서 불을 끈다. 스위치 소리. 조명이 어두워진다. 문준, 새미
       머리 맡에 간다. 문준은 새미의 베개를 뺀다.

새미   아 씨, 아빠 베개 있잖아! 내 거 돌려줘.

문준   오늘은 아빠 자는 거 봐줘. 먼저 잘게.

       문준은 원래 있던 자리로 돌아가서, 새미와 데칼코마니처럼 눕는다.

새미   갈 거야, 말 거야.

문준   너 나 때문에 억지로 가는 거 아니지.

새미   갈 거 야 말 거 야.

문준은 몸을 일으킨다.

문준   그럼, 돗자리를 준비해 줘.

새미   좋아. 집에 있어.

문준   연두색으로.

새미   아빠가 언제부터 색깔을 신경 썼다고 그래. 우리 집 돗자리는 하얀색이야.

문준   연두색이 산뜻하니까. 그리고, 내가 좋아할 것 같은 색이야.

새미   그럼 내일 나 학교 마치면 3시쯤…

문준   1시 30분. 나날 공원.

새미   나 그때 수업 중인데. 아는 사람이 왜 그래.

문준   조퇴해. 담당 선생님한테 현장 체험 학습이라고 하든가. 아빠가 허락했다고.

새미는 말이 없다.

새미   아빠, 이런 적 처음인 것 같아.

문준   나도 익숙하지 않아.

새미   아빠 말고, 나 학교 조퇴하는 거 처음이라고.

문준   하긴 이때까지 개근상을 훈장처럼 모아왔었지.

새미   (졸린 목소리로) 아빠는 뭘 모았어.

문준   유치원 졸업장이랑, 중학교 졸업장이랑 이제 고등학교…

새미   (거의 자는 목소리로) 그건 우새미. 내 거고. 아빠 거 말이야.

문준   내 거? 난 내 서랍장도 없어.

문준은 자리에 앉는다.

문준   우새미. 자? 아들?

새미는 몸을 뒤척인다.

문준   내일 생기겠네. 연두색 돗자리. 그 위에 나는 누워야지. 포만감이 느껴질 정도로. 하늘이 어두워지는 걸 보고. 어두워져서 별이 뜨면, 그제서야 집에 돌아올 거야. 비 오던 날만 외출했던 우리를, 나를 잊고 싶어.

조명이 어두워진다. 연성, 무대 상수 어둠 속 서 있다. 그때, 초인종 소리가 울린다. 문준과 새미는 듣지 못한다. 연성은 새미가 주었던 서류 봉투를 안고 있다. 연성은 무대 후면 상수로, 다시 전면의 하수로 왔다 갔다 한다. 고민하고 있는 것이다. 연성은 문을 두드리려다가 만다. 그러다 결심했는지, 문 밑으로 서류를 밀어 넣는다.

4장, 새미의 집 / 낮

조명이 밝아지자, 서류 봉투는 사라지고 없다. 문준은 무대 전면에 있다. 문준은 분무기를 허공에 뿌리며, 곱게 접힌 수건으로 창문을 닦는 시늉을 한다. 창문이 잘 닦이지 않는지 인상을 쓴다.

문준   도대체 창문 청소는 언제쯤 하는 거야. 관리비는 누구 콧구멍에 들어갔는지. 원.

새미, 집에 들어온다.

문준	왔어?

새미, 대답 없다. 새미는 가방을 벗는다. 새미는 가방 정리를 한다.

문준	점심은.
새미	공원에서 기다렸어.
문준	아빠는 점심 먹었는데.
새미	아빠랑 점심 먹을 줄 알았어. 그래서 밥 먹기 전에 조퇴했다. 왜.
문준	오늘 날씨 좋은데 공원은 좀 돌아보고 왔어?
새미	응, 덕분에.

문준, 분무기를 뿌린다.

새미	시간 헷갈린 거 아니지?
문준	지금이 몇 신데?
새미	오후 3시.
문준	1시 30분에 만나자며.
새미	나 1시 30분부터 3시까지 공원 정문에서 기다렸어. 그러다가 아빠가 길 잃은 게 아닌가 싶어서 그 넓은 공원을 1시간 반 동안 돌아다녔고. 다리가 아프길래 공원 벤치에서 쉬고 있었는데 공원 시계 보고 알았어. 아, 아빠는 집에 있겠구나.
문준	길을 잃을 리가 없지. 몇 번이나 갔었는데.
새미	아주 오래전이잖아.
문준	오래전은 무슨, 3년도 안 됐어.
새미	미안.

문준, 새미를 돌아본다. 문준은 새미에게 간다.

문준   그거 때문이 아냐. 미안해할 필요 없어.
새미   힘들었어?

문준은 다시 무대 전면으로 와서, 수건으로 창문을 닦는다.

새미   뭐 때문인데?
문준   몰라, 내가 두려웠는지도 모르지.
새미   …사람들이.
문준   응, 사람들. 그리고 그 사람들 중에 네가 포함되어 있다는 사실 말이야.
새미   알아듣게 설명해 줘.

창문을 닦는 문준의 행동이 멈춘다.

문준   나만 동의하면 돌아갈 수 있다는 거지?

새미가 문준에게 다가간다.

새미   아빠, 난.
문준   돌아가면 난 무엇을 할까 생각 중이야.
새미   회수, 맞아. 돌아가는 건 맞아. 근데 이건 달라.
문준   네가 직접 서류에 서명을 해 놓고, 지금 와서 가지 말라는 거야?

문준은 분무기를 든다. 격하게 분무기를 뿌리다가 수건과 분무기를 힘없이 늘어뜨린다.

새미　아빠가 달라지게 될 거랬어. 평범하게.

문준　오늘 새벽, 네 손에서 떠났던 서류가 내 손으로 돌아왔어. 나와 반대라고 생각했던 사람이 날 도우려고 한 거야.

새미　그 사람은 내 엄마가 아니야. 유전자만 같지.

문준　인정하긴 싫지만 이걸 돌려주는 순간은 엄마였어. 넌 그걸 알아야 해. 아들.

새미　나는 엄마가 없어!

문준　그 말이 내 가슴도 뚫는다는 걸 아니?

새미　아빠는 구름 없는 날씨를 좋아했지. 나는 그걸 알면서도, 비 오는 날만 아빠가 나갔으면 했어. 아니, 아빠를 숨기고 싶었어! 엄마가 있는 친구들한테서 아빠를 비밀로 하고 싶었어.

문준　내 가슴이 건조해졌다고 그랬는데. 축축하다.

문준이 무대 하수로 가려고 한다. 새미는 아빠를 붙잡는다.

문준　널 뿌리치게 하지마.

새미　아빠가 창문을 닦을 때조차, 나는 아빠가 맑은 하늘을 보는 게 싫었어. 혹시 나가고 싶은 거 아닐까? 안 돼, 모른 척하자. 난 못 본 거야. 아빠는 그냥 창 밖을 보는 거야. 바깥에 뛰어노는 애들 소리가 시끄러워서 보는 거야.

문준　나는 눈물 날 정도로 햇빛을 쳐다봤어.

새미　떠날까 봐 무서웠어.

문준　떠날까 봐 무서울 정도였으면 날 떠나보내는 게 아니라 붙잡았어야지.

새미   ….

문준   새미 네 손으로 직접 서명했어. 내가 아빠가 아니게 해달라고.

새미   보내줘야 한다고 생각했으니까. 붙잡을 수가 없었어.

새미는 문준을 놓는다. 새미의 고개가 내려 간다.

문준   나 집 청소하는 것 좀 도와줄래?

새미   바닥에 먼지 한 톨 없어.

문준   내 물건, 정리하려고 했는데 정리할 게 없더라고.

새미   도와줄게.

새미, 무대 하수의 어둠 속으로 들어간다. 새미는 무대 바닥에 앉아, 밝은 전면에 샴푸, 치약, 폼클렌징을 옮긴다.

새미   뭐 필요해? 샴푸, 치약, 폼클렌징?

문준   이거 다 네 거잖아.

새미   아빠랑 같이 쓰던 거야.

문준   새로 사면 돼. 출생원 앞에도 편의점은 있겠지.

새미   피부에 안 맞으면 어떡하려고 그래? 아빠 피부 민감하면서.

문준   그럼 너 뭐 쓸건데, 만들기라도 할 거야?

새미   그렇네…. 벌써 화장실이 텅 비었다. 안 그럼, 요리 도구는 어때. 후라이팬 전자레인지.

새미 이번에는 무대 후면 하수로 사라진다. 곧이어 우당탕탕 소리. 문준을 그쪽으로 가려다가 만다. 새미 무대로 돌아온다.

새미	다 가져가 아빠.
문준	주방이 텅 빌 거야.
새미	어차피 난 요리 못 해. 그럼 내 방은? 뭐 가져갈 게 없을까. 종이?
문준	집 텅 비고 싶어? 그만해. 청소하는 법 알려줄 테니까.
새미	이거 봐. 이런데 뭐가 챙길 게 없다는 거야? 아빠가 나한테 아무것도 아닌 것처럼 굴지 마. 이렇게나 많으니까.

새미 이번에는 무대 상수로 향한다. 우산을 들고 나오는 새미.

문준	어릴 적 썼던 우산이네.
새미	이걸 아직도 가지고 있었어? 녹이 하나도 안 슬었네.
문준	작지. 그때도 잘 말려서 넣었거든.

새미는 우산을 펼쳐본다. 새미는 문준에게 씌워본다. 문준이 새미의 우산을 그러쥔다.

| 새미 | 하나도 안 가려져. 비에 다 젖겠어. |

새미는 문준의 우산을 가져온다.

| 새미 | 그럼 이게 아빠 거지? |

밝은색의 우산. 새미가 우산을 펼친다.

| 새미 | 아빠 우산… |

문준	크지?
새미	녹이 다 슬어 있었네.
문준	….
새미	내 것만 말렸었어?
문준	너 건 예쁘게 잘 말렸지. 맑을 때도 넌 우산을 썼으니까. 아들이 매일매일 쓰는 건데. 바싹 말려야 하잖아.
새미	아빠가 가면. (사이) 내 우산도 저렇게 될 거야. 더 이상 쓰지 않을 거니까. 아빠가 아닌, 문준으로 돌아오면 그 우산을 보여줄게.
문준	녹 슬면, 보기 흉해. 가지고 다니고 싶지 않을 만큼.
새미	갈 거지?
문준	아니.
새미	….
문준	내가 어딜 가. 여기 전부 있는데.

새미 우산을 손에서 놓아버린다. 전면에서 후면순으로 조명이 밝아진다. 무대가 완전히 환해진다. 문준, 새미 서로 포옹하려다가, 새미가 어깨동무를 한다.

새미	안지 마. 나 다 컸어.
문준	이때 아니면 언제 안아 보냐.

문준은 새미를 포옹한다. 새미도 포옹한다. 암전.

■ 당선소감

　생애 처음으로 본 연극은 〈신춘문예 단막극전〉이었습니다. 매번 접해 왔던 영상 매체에서는 경험하기 힘든 특별한 일이었습니다. 바로 눈앞에서 벌어지는 상황과 인물들이 대사를 주고받을 때 나오는 에너지에 감탄했습니다. 특히, 연출된 상황들이 제 머릿속으로 자연스럽게 뛰어드는 것이 신기했습니다. 이토록 멋진 시작점을 주신 심사위원님께 감사합니다.

　희곡의 매력과 아름다움을 알게 해준 것은 학교 수업이었습니다. 여러 명작들을 감상하고 탐구하던 시간들, 교수님의 희곡에 대한 열정과 애정이 저를 당선으로 이끌어 주셨습니다. 알찬 수업을 해주신 조광화 교수님에게 감사의 말씀을 드리고 싶습니다.

　힘들 때, 멍하니 응시하던 포항 바다는 낯선 경기도의 밤에 자주 떠올랐습니다. 바다와 관련된 추억들이 가족을 가리켰기 때문입니다. 그래서 이 영광을 가족들과 함께 나누겠습니다. 세상에서 제일 사랑하는 엄마, 할머니, 이모들. 사랑하고 있는, 새로운 시작을 맞은 아빠. 언제까지나 멋진 귀정이 언니, 오빠. 든든한 데칼코마니.

　또한 흔들리지 않게 저를 잡아준 친구이자 동료들을 기억합니다. 밤하늘을 걸어준 권미솔 언니. 만남이 행운인 뽀짝이들. 알파카 같은 김남주. 일상의 단어에 빛을 담는 조은영. 마지막으로, 저의 우산을 내려놓게 해준 모든 이에게 고맙습니다.

　■조은희 ▲1996년 포항 출생 ▲영남대학교 외식산업학과 중퇴 ▲서울예술대학 극작과 재학 중

심사평은 박춘근 작가님, 김태형 연출가님께서 해주셨습니다.

'우산 그늘'은 근미래 배경으로 수명이 다한 비인간을 '회수'하면서 발생하는 유사 가족관계를 다룬다. 후반부 서사가 단조로운 점이 지목되기도 했지만 정서적 울림을 조율하며 가족 구성원의 실체보다는 실체가 없었던, 또는 실체를 잃은 관계에 집중해 압축된 무대로 희곡을 완성하고 있다. 역전된 부자 관계를 우산과 그늘로 상징화한 것도 흥미롭다. SF 요소를 활용하면서 소재주의에 빠지지 않은 점과 가족의 조건이 무엇인지 탐색하는 과정을 극적 서사로 풀어낸 점도 인정할 만하다. 또한 2차원 텍스트에 머무르지 않고 무대를 상상하면서 희곡을 쓴 노력이 엿보인다. 무대적 글쓰기의 가능성을 기대하며 당선작으로 뽑는다.

출처: 서울신문
[http://www.seoul.co.kr/news/newsView.php?id=20190101034002&date=2019-01-01]

조선일보 희곡 부문 당선작

양인대화

■

오현근

1994년 대전 출생
고려대 영문과 졸업
동 대학원 영문과 재학

등장인물

학생1, 학생2, 강사, 출제자, Man, Woman

무대 구성

극이 시작할 때 무대 아래 왼쪽에는 쉽게 옮길 만한 소형 책상과 의자 두 개가 놓여있다. 극 중 배우들이 책상과 의자의 위치를 자유자재로 옮겨가며 연기할 수 있다. 무대 가운데에는 30cm 높이의 강단이 넓게 펴져있어 극 중 배우들이 강단을 오르락내리락하며 연기할 수 있다.

1장

조명이 켜지고 아무도 없는 무대가 드러나는 동시에 영어 듣기 도입부 음악이 무대를 장악한다. 도입부 음악은 대한민국의 영어 듣기 시험에서 흔히 들을 수 있는 클래식 음악이다. 학생1과 2, 무대 앞에서 등장한다. 두 사람, 수상한 사람이라도 따라오는 듯 관객 쪽을 유심히 살피며 책상과 의자가 있는 쪽으로 걸어간다. 도입부 음악이 더욱 커지고, 학생1과 2, 의자에 앉아 서로 대화를 시작한다. 둘의 대화는 관객들에게 들리지 않는다. 학생1은 대화를 하고 싶지만 학생2는 그렇지 않아 보인다. 도입부 음악이 잠잠해질 무렵, 영어 듣기 지시사항이 울려 퍼진다. 지시사항은 녹음된 음향을 튼다. 극에서 나오는 영어 대사는 자막으로 번역을 내보낼 수도 있고 그렇지 않을 수도 있다.

지시사항   지금부터 영어 듣기 평가를 시작하겠습니다. 첫 번째 유형은 문장을 듣고 그에 알맞은 행동을 고르는 문항입니다. 지금부터 들려주는 문장과 대화는 한 번씩만 들려주니 주의 깊게 들어주시기 바랍니다.

Instruction   Listening comprehension test. In this part of the test, you will hear various sentences and conversations. Choose the right action that properly matches each corresponding sentence. The sentences and conversations will be played only one time.[1]

---

1) 번역:
   지시사항 듣기 평가. 이 영역에서는 다양한 문장과 대화를 들려줍니다. 각 문장에 따라 알맞은 행동을 고르기 바랍니다. 문장과 대화는 한 번만 들려줍니다.

학생1 (지시사항이 끝나는 동시에 벌떡 일어서서) 남자가 의자에 앉아있다.

학생2 뭐?

학생1 남자가 고개를 치켜들고 있다.

학생2 뭐라는 거야?

학생1 남자가 타인에게 질문하고 있다.

학생2 그만해라.

학생1 (꼿꼿이) 남자가 남자를 다그치고 있다.

학생2 그만하라니까!

학생1 남자가 남자에게 소리치고 있다.

학생2 그만하라고오!!!!

학생1 (더 맞서며) 남자가 남자에게 고함치고 있다! (사이. 학생2, 한숨을 쉬며 가방에서 공책을 꺼내 든다.)

학생1 남자가 가방에서 공책을 꺼내 든다. (학생2, 다시 가방에서 무엇을 꺼내려 한다.) 남자가 가방에서⋯ (학생2, 학생1을 놀리듯 가방에서 손을 꺼내 바지 주머니에 넣는다.) 아니 바지에서⋯ (다시 가방으로) 가방⋯ (다시 바지로) 바지⋯ (다시 가방으로) 아니 또 가방에서⋯ (몇 번 반복되다가) 젠장.

학생2 (위풍당당하게) 이제 됐지? (학생2, 정면을 바라본다. 기다리는 학생1. 학생2, 불현듯 학생1을 쳐다본다.) 뭔데?

학생1 마저 하려던 걸 해야지.

학생2 내가 필요한 건 다 했는데?

학생1 가방에서 공책을 꺼내고, 그다음⋯

학생2 (정면을 바라보며) 정면을 바라본다.

학생1 아니지! 공책을 왜 꺼냈는데?

학생2 공책을 꺼낸 이유는 공책에 무언가를 끄적이고 싶어서 공책을 꺼낸 거겠지.

학생1 그렇다면?

학생2 공책이 필요하겠지.

학생1 아니지!

학생2 지금 공책이 필요 없다는 거야? 공책에 무언가를 끄적이고 싶은데 공책에 무언가를 끄적이려면 공책이 없어도 된다는 거야?

학생1 그게 아니라!

학생2 빙빙 둘러대지 말고 똑바로 말해.

학생1 공책을 꺼냈으면… 공책을 꺼냈으면 당연히 펜을 꺼냈어야…

학생2 (말을 자르며) 펜! 연필! 볼펜!

학생1 공책을 꺼내놓고 펜을 꺼내지 않는 그 무식함이란!

학생2 공책을 꺼내놓고 펜은 안 꺼낼 수도 있지.

학생1 둘은 동전의 양면이야. 바늘과 실이고. 악기와 연주자. 컴퓨터 키보드와 손가락. TV 화면과 눈알. 도화지와 붓. 무대와 관객. 이야기와 독자. 인생과 인간…

학생2 (끼어들며) 공책은 공책이고 펜은 펜이지.

학생1 펜 없이 공책만 꺼내서 무엇을 할 수 있는데?

학생2 왜 그렇게 공책을 꺼내는 것과 펜을 꺼내는 것에 집착하는데?

학생1 나는…! 나는…! (다시 한번 음악이 크게 흐르고, 둘의 대화는 관객에게 들리지 않은 채로 이어진다. 학생1, 흥분한 상태로 과장된 몸짓을 하며 대화를 이어간다. 여기서 음악은 대한민국 인터넷 강의에서 흔히 들을 수 있는 도입부 음악이다. 말끔한 옷차림을 한 강사가 등장한다. 극을 통틀어 강사는 다른 인물에게 직접적으로 말하지 않는다.)

강사 안녕하세요. 여러분. 만나서 정말 반가워요. 오늘도 야심차게 이 한 몸 바쳐 여러분에게 특별난 강의 선사해드리겠습니다. 어떻게, 전국에 계신 우리 수강생 여러분들, 저 화면발 좀 받나요? 오늘 평소와 다르게 옷 좀 차려입고 왔는데. 아, 참 그리고 현장까지 이렇게 지친 몸 이끌고 손수 공부하러 온 (관객을 바라보며) 우리 "현강생"들도 정말 수고 많아요. 아까 여러분들 문앞에서 줄 서 있는 모습 위에서 아주 인상 깊게 지켜봤어요. (웃음.) 알아요, 실물이 더 낫죠? (강단에 올라간다. 우수에 찬 눈빛으로) 여러분 그동안 시험 보느라 고생 많았어요. 정말 상투적인 말이지만 여러분이 시험장에서 보여준 여러분의 피와 땀과 투지가 제 오염된 영혼을 조금이나마 정화해주었답니다. 여러분의 연필이 시험지 위에서 사그작사그작 거리는 소리를 들을 때마다 제 인생의 빈 공간이 다시 한번 꽉 차오르는 것만 같았어요. (비장한 눈빛으로) 하지만 여러분, 이미 지나간 과거는 지나간 과거라지만, 지나간 시험은 지나간 시험이 아니라는 거 여러분 많이들 아시죠? 늘 언제나 복습, 복습, 복습, 재확인, 재확인, 재확인! 다들 정신 차리고 집중하세요! (학생1과 2, 대화를 멈추고 앞을 바라본다.) 시험 문항이라는 게, 참 떠나간 옛 연인과도 같아요. 헤어지는 순간에는 두 번 다시 내 인생에서 볼 것 같지도 않더니 막상 시간이 지나면 다시 어떤 형태로든 나한테 찾아오는 게… 맞아요. 인간관계도 일종의 시험이에요. 인간관계에는 과거란 없어요. 만나면 만나는 관계, 헤어졌으면 헤어진 관계, 다시 만나면 다시 만나는 관계… 관계란 건… 우리가 정의 내리는 순간 ing 현재 진행형이 된답니다. (강단에서 내려와 다시 무대 앞쪽으로 온다.) 그러니깐 이제 시험이 끝났다고 시험이 끝난 거라고 생각하면 큰 오산이에요. 여러분이 본 시험은 어떻게든 여러분을 다시 찾아온답니다. 그러니, 우리 화이팅하고 다시 한번 복습, 복습, 복습, 재확인, 재확인, 재확인! 하는 시간을 가져요. 하, 서론이 무지무지 길었네요. 여러분의 얼굴을 보니 생각이 갑자기 많아져서, 아, 이제 그만! 수업할게요. 먼저 학생들 사이에서 가장 논란이 뜨거웠던 문항은 11번 문항 이었어요. 11번 문항은 남자, 여자, 두 사람이 서로 여섯 차례 대화를 주고받는 유형이죠. 교육 현장에 인생의 절반을 넘게 바친 한 사람으로서, 이 대화가 왜 그렇게 어려웠는지는 조금 이해가 가지 않지만, 우선 같이 들어는 보도록 해요. (조명 어두워지며 영어 듣기 도입부 음악이 희미하게 들리다가 점점 커진다.) 저는 잠시 빠져있을 테니, (Man과 Woman, 옆으로 등장해 강단에 무심한 듯 걸터앉는다. Man과 Woman은 영어 모국어 화자가 연기한다.) 쉬잇, 대화를 먼저 들어보고 (강사, 학생1과 2를 끌고 무대 앞쪽으로 데려온다.) 여러분이 무엇을 놓쳤는지 먼저 스스로 생각해 보는 시간을 가져 보아요. 그러면 대화, 틀어주세요! (강사, 유유자적하게 퇴장한다. Man과 Woman, 다음의 대화 도중 서로를 절대 쳐다보지 않는다. 학생1, 두 사람의 대화를 유심히 지켜본다.)

Man   For this part, you will hear conversations. The conversations are not printed in your test paper and played several times. Listen to the conversation and answer the corresponding question. Number 11. What a lovely day to be outside!

Woman Yes, it is so breezy and warm.

Man   I'm so sorry we have to work in this perfect day.

Woman Tell me about it. I'm so dreading this life.

Man   Haha-- Oops, it's already 12:50. We gotta head back to our place.

Woman Alright. Well, do you happen to know where the restroom is around here?[2] (무대 조명 밝아진다. Man, 위풍당당하게 학생1과 2

---

2) 번역:
　　남자　이번 영역에서는, 대화를 들려줍니다. 대화는 시험지에 적혀있지 않고 여

사이를 지나가며 퇴장. Woman, 두 사람을 무표정으로 잠시 쳐다보다
가 퇴장. 학생1, Man이 있던 곳에서 부산스럽게 돌아다닌다.)

학생1 여섯 번 주고받고, 끝나고, 여섯 번 주고받고, 끝나고… 벌써 몇
번째지?

학생2 하나 일, 두 이, 석 삼, 넉 사, 다섯 오, 여섯 육. 관심 없어.

학생1 딱 여섯 번이야. 더도 말고 덜도 말고 딱 여섯 번. 남자가 말을
시작해서 여자가 말을 끝내고. 남자가 대화를 시작해서 여자가
대화를 끝내고…

학생2 테니스 칠 때랑 비슷하네.

학생1 테니스?

학생2 내가 서브를 넣는 차례에서 점수를 따 본 적이 없어.

학생1 그게 지금 무슨 상관이지?

학생2 내가 서브를 하면, 상대방이 항상 마지막에 점수를 딴다고.

학생1 그래서 그게 무슨 상관이라고?

학생2 (답답해하며) 네가 좀 전에 남자가 말을 시작하면 무조건 여자
가 말을 끝낸다며. 서브를 말을 시작하는 것에 빗대면… 아 됐
다, 그만하자. (사이.)

학생1 주고받는 대화를 지금 테니스 랠리에 비유한 거구나, 그치? (테
니스 스윙 시늉하며)

학생2 이번에는 이상하게 어느 정도 알아먹네? (받아치며)

러 번 들려줍니다. 대화를 듣고 질문에 답하기 바랍니다. 11번. 정말 밖에
있기 좋은 날씨네요!

여자 맞아요, 산들바람이 불고 따뜻하네요.

남자 이렇게 완벽한 날에 일해야 한다니 참 유감이네요.

여자 말도 마요. 이 인생이 싫어지려 그러네요.

남자 하하— 이런, 벌써 12시 50분이네요. 우리 장소로 돌아가야겠어요.

여자 그래요. 근데, 여기 근처에 화장실이 어디 있는지 혹시 아시나요?

학생1 (다시 받고) 평소에는 알아먹지 못했다는 뜻이야?

학생2 비유가 비 내리는 유람선의 줄임말이라고 한 사람이 누구더라? (또 받아친다.)

학생1 내 마음은 강이요, 시간은 금이로다. 이렇게 비유랍시고 돌아 돌아 얘기하는 게 나는 무지 (받으며) 답답하거든.

학생2 (마지막 단판 스윙) 무지 답답한 게 아니라 답답 무지한 게 아닐까?

학생1 (관객을 바라보며) 왜 그냥 속 시원하게 말하면 될 걸 비유를 한다며 이리 돌렸다 저리 돌렸다 여기저기 꼬아 대는 거야? 가시밭길 같은 내 인생? 장미처럼 매혹적인 그대? 그렇게 둘러대다가 자기가 맨 처음에 무슨 말을 하려는지도 까먹고 자기 의견, 감정, 지금 내가 무슨 말을 정말로 하고 싶은지 전달도 못 하고. 꽈배기처럼 매번 배배 꼬아대니… (깨달으며) 이런.

학생2 왜?

학생1 아니야.

학생2 꽈배기?

학생1 뭐?

학생2 처럼?

학생1 응?

학생2 꽈배기처럼?

학생1 고마워.

학생2 뭐가?

학생1 비유는 돌려 말하는 게 아니라는 걸 깨달았어.

학생2 사람들이 꽈배기처럼 말을 비비 꼰다고 말하는 게 돌려 말하는 게 아니야?

학생1 돌려 말하는 건 아니지. 말을 비비 꼰다고 직접 말은 했잖아?

학생2　그런데 꽈배기는 왜 갖다 썼지?

학생1　말을 비비 꼰다고만 말하면 심심하잖아? 그래서 "꽈배기처럼"을 넣은 거지. 꽈배기가 이리저리 꼬인 모습을 떠올리면 내 말의 의미가 더 잘 들어 먹히니까.

학생2　아까는 비유가 돌려 말하기라며?

학생1　말했잖아. 비유가 돌려 말하기가 아니란 걸 깨닫게 해줘서 고맙다고. (사이. 학생2, 의심의 눈초리로 학생1을 쳐다본다. 학생1, 차마 못 견디고) 내가 말하려는 돌려 말하기는 바로 이런 거야. 자기 할 말을 곧이곧대로 똑바로 전달하지 않고 다른 길로 새는 그런 비효율적인 언어 사용의 극치. (학생2를 자기 쪽으로 격하게 끌어당기며) 그건 마치 들판에서 먹잇감을 발견한 어린 사자가 자세를 이렇게 낮추고 어슬렁어슬렁 먹잇감을 향해 걸어가는데, 문득 반대쪽 건너편에 이상한 그림자 형상이 보이는 거야. 사막의 때아닌 칼바람에 앞뒤로 좌우로 갈피를 못 잡고 흔들흔들 출렁출렁대는 그 신비스러운 그림자. 그 신비스러운 그림자에 마음이 단단히 홀려버린 어린 사자는 (무대를 가로지르며 강단으로 올라간다.) 호기심에 거기로 냅다 달려가 버려. 그런데 알고 보니 그 신비스러운 그림자는 평소에 자기가 낮잠 자던 볼품없고 따분한 바위일 뿐이었던 거지. 그런데 이 어리숙한 사자는 먹잇감이 저 발치에 있다는 사실은 꿈에도 생각 못 하고 자기가 사냥 중이었다는 것도 까먹어 버리고 그 바위 위에서 그냥 낮잠이나 자버려. 자기가 이틀 동안 쫄쫄 굶었다는 사실도 까맣게 잊어버린 채 말이야. (눈꺼풀이 무거워진다.)

학생2　그래서 네가 하고 싶은 말이 어린 사자는 멍청하다, 이거야?

학생1　(정신이 든다.) 내가 처음에 하려던 말이 뭐였지?

학생2　(무대 앞으로 나오며) 내가 처음에 하려던 말이 뭐였지?

학생1   뭐가?

학생2   내가 왜 테니스를 언급했지?

학생1   (깨달은 듯) 아 참! 두 사람이 주고받는 대화를 테니스 경기에 빗댄 건 (테니스 스윙) 정말 훌륭한 비유였어.

학생2   (받아치지 않는다.) 좀 더 정확했어야 했는데.

학생1   뭐가?

학생2   두 사람이 주고받는 대화니깐 "단식" 테니스 경기라고 말해야 했어.

학생1   그럴 필요까지야.

학생2   돌려 말하는 건 싫다며?

학생1   테니스, 대화, 서로 주고받는다, 완벽한 착착 쿵 한 쌍의 비유인데?

학생2   만약에 어떤 사람이 테니스를 듣고 나서 복식 경기를 떠올렸으면? 그럼 네 명의 사람이 대화하고 있었다고 생각했을 거 아냐. 그건 명백한 돌려 말하기야.

학생1   그건 돌려 말하기가 아니야. (사이.) 그건 그냥… 오해야.

학생2   돌려 말하기가 원래 해야 할 말을 하지 않고 빙빙 둘러대다 다른 소리를 하게 되는 거라며? 그럼 그건 돌려 말하기지.

학생1   생각났다!

학생2   뭐?

학생1   내가 말하려던 거.

학생2   뭔데?

학생1   정말 이상한 테니스 경기.

학생2   테니스 경기?

학생1   "단식" 테니스 경기.

학생2   두 사람이 하는?

학생1 규칙이 정말 이상했어.

학생2 예를 들어?

학생1 서브를 넣는 사람이 무조건 점수를 내어주는 규칙이었지.

학생2 그게 무슨 말도 안 되는 규칙이야.

학생1 더 이상한 건 꼭 여섯 번만 친다는 거야.

학생2 주고받고 여섯 번?

학생1 혼성 경기였지 아마.

학생2 한 번 볼 수 있을까?

학생1 참여도 해볼 수 있을걸.

학생2 그냥 관람만 해보고 싶은데. (조명 어두워지며 영어 듣기 평가 음악이 울려 퍼진다. Man 등장. 무대 앞으로 유유히 걸어 나와 의자에 앉는다. 정면을 응시한 채 얼굴 하나 까딱 않는다. 학생1과 2, 강단 위로 올라가 대화를 엿본다. Woman은 무대 밖에 위치하여 마치 Man 이 혼자 대화하는 듯한 인상을 준다.)

학생1 저 사람이야!

학생2 그 이상한 테니스를 한다는?

학생1 여섯 번이야. 여섯 번.

Woman (무대 밖) Number 11.

Man What a lovely day to be outside!

Woman (무대 밖) Yes, it is so breezy and warm.

Man I'm so sorry we have to work in this perfect day.

Woman (무대 밖) Tell me about it. I'm so dreading this life.

Man Haha-- Oops, it's already 12:50. We gotta head back to our place.

Woman (무대 밖) Alright. (말하고 있는 도중 Man 퇴장) Well, do you happen to know where the restroom is around here? (조명 다시 밝아진다.)

학생2	정말 여섯 번이었어.
학생1	정말 딱 여섯 번이었네.
학생2	근데 누구랑 경기를 하고 있던 거지?
학생1	경기?
학생2	분명히 경기를 하려면 두 사람 이상은 있어야 한단 말이야.
학생1	그런데도 공은 움직였지.
학생2	이건 두 사람이 경기하는 게 아니라 꼭 1인 스쿼시를 하는 기분이었어.
학생1	테니스도 스쿼시도 모두 참 적절한 비유야.
학생2	이런… 세상에… (상실감에 주저앉는다.) 이건 재앙이야… (당혹스러운 표정을 짓는 학생1. 학생2, 다시 일어나서 무대를 이리저리 둘러본다. 사이.) 인간은 흰색도 검은색이라고 둔갑해버릴 수 있는 악랄한 거짓말쟁이야… 온갖 잡동사니를 모아 놓은 만물상도 어느 순간 늙은이의 빈 수레라고 빗대어 버리는 파렴치한 종족이야… 아아 시인은 타고난 도적-! 아아 시인은 타고난 도적-! 처음엔 테니스, 그러다가는 "단식" 테니스, 이제는 1인 스쿼시. 실체를 가리려고 면상을 다채롭게 바꿔대는구나. 이 가면극의 은둔자!
학생1	이성을 상실했군.
학생2	남성은 여성에게 이성, 여성은 남성에게 이성…
학생1	혼잣말을 중얼거리고.
학생2	분명 누군가와 대화했단 말이야…
학생1	제정신은 아니야.
학생2	제멋대로 뱉어내는 대화는 아니었어.
학생1	제발…
학생2	제시간에는 끝났단 말이야…

학생1	제기랄…! (학생2, 가방이 있는 쪽으로 달려간다.) 이제는 또 뭘 하려는 수작이지?
학생2	재장전 (부산스럽게 가방을 뒤진다.)
학생1	재장전?
학생2	생각의 재장전.
학생1	제멋대로 말을 내뱉는군. (학생2, 가방에서 펜을 꺼낸다. 학생1, 흥분해서) 남자가 드디어 가방에서 펜을 꺼낸다! 남자가… 잠깐, 펜은 꺼내서 뭐 하려고?
학생2	재생산
학생1	생각의 재생산?
학생2	방금 본 경기를 이 하얀 도화지에 옮기는 거야.
학생1	고스란히?
학생2	한 치의 오차도 없이. (학생2, 무언가를 열심히 끄적이기 시작한다.)
학생1	무엇 때문에?
학생2	분석을 위해.
학생1	그다음에는?
학생2	제기랄!
학생1	뭐가?
학생2	기억이 잘 나질 않아. 젠장, 젠장, 젠장!
학생1	무엇을 하고 있었지?
학생2	무엇을 하고 있었어.
학생1	테니스 경기를 하고 있었어!
학생2	테니스 경기?
학생1	나 홀로 테니스 경기!
학생2	(분노에 차서) 테니스, 테니스, 테니스, 테테테테테니스! (학생1, 당황한다.) 테니스 경기는 이제 집어치워! (무대 반대편으로 간다.)

방금 저 남자가 했던 건 테니스 경기도, "단식" 테니스 경기도, 1인 스쿼시도 다 아니야. 저 남자가 했던 건 그냥 대화였어, 대화였다고! 공을 주고받니 마니는 다 집어치워. 저 남자가 건넨 건 저 남자의 머릿속으로부터 나온 말소리였어! 말소리! 누군가에게 말을 건넬 때 나오는 말소리였다고!

학생1 말을 건네고 있었다는 거야 말소리를 건네고 있었다는 거야?

학생2 우리가 테니스니 스쿼시니 떠드는 동안 어린 사자가 되어버린 거야.

학생1 (드라마틱하게) 먹잇감을 까맣게 잊어버린 어린 사자!

학생2 (분노한다.) 어린 사자! 어린 사자도 집어치워! 어린 사자마저도 비유란 말이야. 그래, 어린 사자마저도 비유란 말이야!

학생1 (절박하게) 우린 비유의 죄수야. 비유의 사슬에 꽁꽁 묶여 버린 수감자. 감당할 수 없는 짐을 짊어진 사막의 어린 은둔자. 목이 말라 헥헥거리며 오아시스를 갈망하는 눈동자. (Woman, 무대로 등장한다.) 저기 보이는 거짓 그림자를 보려고 낮잠을 자고 마는 어린 사자! (Woman을 발견하고 놀란다.)

학생2 자기 연민, 자기 위로, 자만심, 자부심, 자존심… 본질을 말하란 말이야. 핵심을 말하란 말이야. 한낱 나무의 이파리가 뿌리를 대변할 수는 없어… 직유. 은유. 풍유. 활유. 원관념. 보조관념! 다 집어치워 버려! 대유, 환유, 제유, 의성어, 의태어. 다 집어치워 버려! (취한 듯 몸을 비틀거린다. Woman, 무대 뒤쪽에서 무언가를 찾는 듯 서성인다.)

학생1 (점점 다가오는 Woman을 보며) 그림자가 점점 커지고 있어! 점점 커지고 있어! 분명 우리는 가만히 있는데 그림자가 점점 커지고 있어! 이런… 저길 봐! (학생2를 격하게 돌려세운다.)

학생2 무덥고 정열에 넘치는 나의 돌님… …을 보기를 돌같이 하라…

태어난 지 1년이 되면 돐날… 머리카락을 이렇게 돌돌 말면 돌
대가리…

학생1 (절제된 비명에 가깝게) 일어나 제발!

학생2 무슨 일이야?

학생1 저길 봐!

학생2 사막의 그림자!

학생1 저 여자가 뭘 하는 거지? (사이.)

학생2 가서 말을 걸어야겠어.

학생1 말을 걸겠다고?

학생2 무슨 대화를 나눴는지 물어볼 거야.

학생1 이런…! (학생2, Woman에게 조심스레 다가간다. Woman, 학생2를 발
견하자 신기한 듯 살펴보다가 말을 건넨다.)

Woman Well, do you happen to know where the restroom is around here?
(학생2, 곧바로 얼어버린다.)

학생2 어… 어…

학생1 어서 돌아와!

학생2 어… 어…

학생1 빨리 돌아와!

학생2 어… 어…

Woman (더 천천히) Do *you* happen to know where the restroom is around
here? (학생2, 그대로 바닥에 철퍼덕 엎어져 누워버린다. 암전.)

2장

조명이 밝아진다. 학생1과 2, 넋이 나간 채로 눈을 감은 채 의자에 앉아있다. Man과 Woman, 강단에 동상처럼 걸터앉아있다. 잠시 후 인터넷 강의 음악이 흐르면서 무대 밖에서 강사의 외침이 들린다.

강사   (무대 밖) 때애애애애애애앵!!! 스따아아아아아아아압!!! (강사 등장.) 여러분, 딴짓하면 곤란합니다, 들려주는 대화에만 집중해주세요. 들려주는 대화에만. 왜 이렇게 흥분해 있어요? 흥분하면 집중을 할 수 없고 다른 생각을 하게 되잖아요? 다른 생각하다가는 대화를 놓치기 십상이에요. 대화를 놓치면 문제를 풀 수 없죠? 문제를 풀 수 없으면 여러분의 피와 땀을 담은 그동안의 노력이 다 허사가 되는 거예요. 제가 말씀드렸잖아요? 지나간 시험은 지나간 시험이 아니라는 거. 제가 오늘따라 저엉말 쓴소리가 많아졌네요. 여러분 때문에 그런 건지 그냥 오늘따라 기분이 왜 이렇게 멜랑꼴리한지… (관객 쪽을 보며) 거기 학생 지금 졸고 있는 건가요? (학생1과 2, 깜짝 놀라며 정신을 차리고 자세를 바로잡는다.) 아무튼 방금 대화는 잘들 들으셨길 바라요. 여러분 대화문을 들을 때는 남자와 여자가 서로에게 무슨 말을 하는지 한땀한땀 아주 잘 아로새겨 들어야 해요. 대화문 유형은 제가 개인적으로 가장 재밌어하는 유형이에요. 대화문은… 다른 유형과는 달라요. 무언가 주고받는, 보이지 않는 무언가가 오고 가는 다이나믹함이 있어요. (입가에 미소를 띠며) 저는 항상 대화를 테니스에 비유하곤 한답니다. 무슨 말이냐구요? 우리가 건네는 말을 테니스공이라고 생각해 봐요. (테니스하는 시늉을 하면서) 내가 말을 건네면, 상대방이 말을 다시 건네고,

상대방이 말을 건네면 내가 다시 말을 건네고, 왔다 갔다, 요리 조리, 이리저리, 갈팡질팡, 치고받고, 제 비유가 이해가 가시나요? 어머, (고상한 웃음소리를 내며) 나 문학 공부나 좀 더 해볼걸 그랬나 봐. 대화 유형을 테니스에 비유한 사람은 아마 제가 처음일 듯싶은데.

학생1   (갑자기 벌떡 일어나서) 거짓말!!!!!!!!!!!!!! (학생1, 다시 앉는다. 학생 1과 2, 들리지 않는 대화를 계속한다.)

강사   어때요, 그렇죠? 어머 여러분, 제 말에 반응 좀 해주세요. (관객의 대답을 유도한다.) 현강생분들, 그리고 전국에 강의를 신청하고 계신 수강생분들, 그렇죠? 소리가 작네요. 그렇죠, 여러분? 에너지를 느껴봐요. 대화에는 크든 작든 에너지가 흘러요. 에너지가. 내가 반응하는 만큼 상대방도 반응하는 거예요. 상대방이 강하게 스매쉬를 한 방 때리면! 저 또한 온 몸을 던져 공을 막아내는 수밖에는 없죠! 여러분 혼자 대화하지는 않잖아요? (사이.) 그럴 수도 있으려나? 제가 이렇게 혼자 떠들고 있어도 우리 대화하고 있는 거예요 여러분. 나 여러분이 무슨 생각하고 있는지 다 들려. 내가 말할 때마다 머릿속으로 한소리씩 하고 있잖아. (웃음. 잠시 우수에 잠긴다.) 어머, 이야기가 또 다른 길로 새버렸네요. 오늘따라 왜 이렇게 중심을 못 잡고 비틀거리는 건지. 정말 강사로서 프로답지 못한 모습을 보여드리고 있는 점, 거듭 죄송하다는 말밖에는 드릴 수가 없네요. (Man과 Woman을 끌고 무대 오른쪽으로 옮긴다.) 그래요, 아까도 말씀드렸듯이 이번 대화문이 시험을 친 수험자 여러분들 사이에서 가장 논란이 되는 대화문이었어요. 왜 그랬을까요? 흠… (강사, 강단에 올라선다. Man과 Woman을 분석 관찰하듯 유심히 바라보며) 사실 저도 잘 모르겠어요. 이렇게 무책임한 발언은 강사로서 하면 안 되는 거지만, 제가 추측하건대 여러분들이 그냥 집중을 안한 거로 밖에는 보이지 않네요. (토닥이는 말투로) 왜 그러셨어요, 이렇게 거저 던져주는 문제는 거저 받아먹으셨어야죠! 대화 속에서 정말 별다른 상황은 제시된 게 없는데⋯ 어머, 나 왠지 여러분이 어려워했던 이유를 알 거 같아. 대화문이 저엉말 너어무 심심해서 그랬나 봐. 왜, 우리 영화나 소설 같은 거 보면 좀 고저가 있어야 오르락내리락하면서 재미도 느끼고 스릴도 느끼고 그러잖아요? 마치 롤러코스터를 타는 것처럼. 근데 11번 대화문은, 정말, 유우우우우우난히 재미가 없었네요. (자기의 깨달음에 자기가 감탄하며) 어머, 정말 그랬나 보다. 대화가 너무 별거 없이 단조로워서 여러분이 어려웠나 보다. 참 안타까워요, 여러분. 이 대화문이 그래도 우리 실생활에 가장 가까운 대화였는데. 안 그래요? 가장 최근에 남들이랑 나눈 대화를 떠올려봐. 십 중의 구, 아니 백중의 구십 구, 우리가 남들과 나누는 대화 중에 뭐 오르락내리락 곡선이 있어요? 처음부터 끝까지 정말 재미없게 쭈우우우욱 낮거나 아니면 24시간 성난 황소처럼 쭈우우우욱 높거나. 아니, 여러분들은 요새 아예 대화 자체를 별로 안 하려나? 문제 만드신 분이 정말 너어무 리얼리스틱하게 대화문을 짰나 보다. 그런데 여러분, 이렇게 거저 주는 문제는 여러분도 거저 받아먹어야 해요. 출제자가 다 던져 줬는데 뭘. 여러분 여자가 마지막에 뭐라고 말했어요, 네? 마지막에 뭐라고 했냐구요. (학생1과 2, 대화하다 말고 집중한다.) 뭐가 어딨냐고 묻지 않았어요? (흥분하며) 대화 앞부분은 다 필요 없고 마지막에서 정답 다 나왔어 정말. 이렇게 거저 주는 문제가 어딨어? 마지막에 여자가 화장실이 어딨는지 아냐고 물었죠? 왜 그랬을까? 출제자가 왜 그렇게 마지막에 이 말을 던져줬을까? 제가 정말 강사 생활하면서 누누이 얘기하는 거지만, 여러분, 늘 항상 출제자의 의도를 생각해야 해요. 출제자의 의도를. (학생1과 2의 고개를 치켜세운다.) 출제자의 눈으로 대화를 바라보면 대화의 질감이 달라져요. 여러분, 정말 정말 마지막으로 이 대화문 한 번 더 들려줄게요. 이번에는 뭐를 생각하면서 듣는다? 출제자. 출제자의 시각으로 들어봐요. 자 그럼, 틀어주세요! (영어 듣기 도입부 음악이 들리고 Man과 Woman, 강단으로 올라가 일어선 채로 서로 마주 보며 대화한다. 학생1과 2, 두 사람의 대화에 집중한다. 강사는 유유자적 퇴장한다. Man과 Woman의 시선은 서로에게 말을 건네는 것인지 허공을 바라보며 소리를 생성해내고 있는 것인지 불분명하다. 둘은 대화가 끝난 뒤에도 그 자리에 마치 무대 장식인 듯 그대로 서 있다.)

Woman   Number 11.

Man   What a lovely day to be outside!

Woman   Yes, it is so breezy and warm.

Man   I'm so sorry we have to work in this perfect day.

Woman   Tell me about it. I'm so dreading this life.

Man   Haha-- Oops, it's already 12:50. We gotta head back to our place.

Woman   Alright. Well, do you happen to know where the restroom is around here? (학생2, 공책에 무언가를 헐레벌떡 받아적는다.)

학생2   여자의 마지막 말, 여자의 마지막 말…

학생1   그게 무슨 소용이야? 마지막 말만 알면 우리가 뭐 어쩔 건데!

학생2   화장실의 위치가 어디 있는지 물었어.

학생1   그래서?

학생2   분명 나한테도 화장실이 어디 있는지 물었어. 봤잖아. 전에 나한테 화장실이 어딨는지 물어보는 거 봤잖아.

164

학생1 똑같은 말만 꼭두각시처럼 반복한다는 말이로군. 저건 1인 스쿼시도 아니야. 스쿼시 할 때 공이 맨날 똑같은 데로 튀는 거 봤어?

학생2 또 잊히기 전에 빨리 그려야 해… 빨리 이 빈 도화지를 채워야 해… (학생2, 빈 공책에 무언가 끄적이기 시작한다.)

학생1 그냥 정말 아무 의미 없는 예의상의 말일지도 몰라.

학생2 (고개를 들며) 화장실의 위치를 물어보는 게?

학생1 애초에 화장실의 위치를 왜 물었겠어?

학생2 화장실에 가고 싶어서?

학생1 그럴 수도…

학생2 좋아, 여자가 화장실의 위치를 물은 까닭은? (A) 화장실에 가고 싶어서. (절박하게 학생1을 바라보며) 그다음?

학생1 정말로 아무 의미 없는 말일지도 몰라…

학생2 (한숨을 쉬며) 그래, 그것도 선택지에 넣어주지. (B) 아무 의미 없는 말이다!

학생1 (B)가 정답! 다른 아무것도 볼 필요 없이 (B)가 무조건 정답!

학생2 잠깐. 이 세상에 아무 의미 없는 말이 어딨어? 소리가 모여서 단어가 되고 단어가 모여서 문장이 되고 문장이 모여서 말 한 마디가 되는데 말 한마디에 아무 의미가 없다는 게 가당키나 해?

학생1 말 한마디를 쪼개면 여러 개의 문장이 되고 문장을 쪼개면 여러 개의 단어가 되고 단어를 쪼개면 소리가 된다. (일부러 침이 튀기게 학생2를 향해서) /ㅍ/,/ㅋ/,/ㅌ/,/ㅍ/,/ㅊ/!!!!! 이따위 소리가 무슨 의미가 있어?

학생2 남자가 침을 뱉는다.

학생1 뭐?

학생2	남자가 되묻는다.
학생1	그만해.
학생2	남자의 화가 치밀어 오른다.
학생1	그만해.
학생2	남자의 분노가 들끓고 있다.
학생1	그만하라고!
학생2	남자가 분개하며 울분을 터뜨리고 있다!
학생1	그만하라고오!!!!!!!!!!!!!! (학생1, 학생2의 공책을 뺏어서 강단 쪽으로 집어 던진다.)
학생2	(놀라며) 남자가… 공책을… 힘차게 내던진다…

긴 침묵.

학생2	(강단 위에 떨어진 공책을 주우며) 그냥… 정말 아무 의미 없는 예의상의 말일지도 몰라.
학생1	도대체 왜 그래야만 할까?
학생2	뭐가?
학생1	(울먹이며) 아직도 눈치를 못 챈 거야? 아니면 눈치를 못 챈 척 하는 거야? 이제 너도 더는 부정할 수 없어. 두 눈으로 똑똑히 보고 두 귀로 똑똑히 들었잖아. 똑같은 경기가 서너 번이나 반복됐는데도… 볼 때마다 모습이 달라져… 똑같은 대화를 몇 번이나 들었는데도 들을 때마다 내용이 달라져 버려…
학생2	그래, 저 대화는 돌려 말하기야. 아주 명백한 돌려 말하기. 진실을 숨기려고 이리저리 빙빙 둘러대다 이리 꼬고 저리 꼬고 오장육부 다 꼬여서 심성까지 모조리 싹 다 꼬여버리는 파렴치한 돌려 말하기. (Man 앞에 달려가서 조롱하듯) 꼬꼬댁 꼬꼬꼬.

이 가면극의 허수아비들아. 입이 달렸으면 제대로 말을 한번 해보지 그래? (Man의 멱살을 잡는다.) 응? 어서 아무 말이나 씨부려보란 말이야.

학생1 (다급하게) 물어봐!

학생2 뭘?

학생1 여자가 마지막에 한 말의 의미가 뭔지!

학생2 (멱살을 더 꽉 잡으며) 들었지? 여자가 마지막에 한 말의 의미가 뭐야? 여자가 왜 화장실의 위치를 물어본 거지? 응? 도대체 왜 그런 거냐고? (Man, 학생2를 무덤덤하게 바라보다 멱살을 잡고 있는 학생2의 두 손을 강하게 내려친다.)

Man (영어 모국어 화자의 억양으로) 조용히 해. (학생1과 2, 충격받은 채 무대 앞쪽으로 온다.)

학생2 들었지?

학생1 들었어.

학생2 달라졌어.

학생1 확실히 달라졌어.

학생2 뭐가 달라졌지?

학생1 말의 무게가 달라졌어.

학생2 말의 기풍이 달라졌어.

학생1 말의 성질도 달라졌어.

학생2 말이… 더 가까워졌어.

학생1 심장에 비수처럼 바로 팍! 꽂히는 기분이었어.

학생2 비수 "처럼"?

학생1 미, 미안! 그러니깐… 말이 더 가까워졌다고!

학생2 내가 방금 한 말이잖아.

학생1 네가 나한테 다른 선택권을 주지 않았잖아.

학생2	구차한 변명이야.
학생1	비유를 하지 않으면 내가 내놓을 수 있는 건 다 발라먹은 뼛다구밖에 없어.
학생2	또!
학생1	비유를 하지 않으면 아무 말도 할 수 없다고! (학생1, 손으로 입을 막는다. 사이.)
학생2	지금이 진짜 모습을 볼 수 있는 절호의 기회야. 본질을 가리는 그 살덩어리들이 접착력을 잃고 뼛다구만 앙상하게 남은 상태. 다시 가서 직접 물어볼 거야.
학생1	(항의하듯) 살덩어리? 뼛다구?
학생2	시간이 없어, 빨리 가서 물어봐야 돼.
학생1	직접!
학생2	직접! (학생2, 다시 Man 앞으로 간다.)
학생2	(심호흡을 하고 입을 뗀다.) Why did y… (학생2, 놀라서 입을 막으며 뒷걸음질 친다. 다시 한번 심호흡을 하고 입을 뗀다.) Why did y… (겁에 질린 표정으로 Man에게서 도망치듯 멀어진다.)
학생1	무슨 일이 일어나고 있는 거지?
학생2	말이…! 언어가…!
학생1	언어! (성스러운 종소리가 들린다. Man과 Woman, 종교 의례를 하듯 동시다발적으로 성스러운 몸짓을 하며 움직인다. 성스럽고 으스스한 음향이 무대를 가볍게 채운다. Man과 Woman, 학생2를 강단 밖으로 매몰차게 내보내고 무릎을 한쪽만 꿇은 채 누군가를 기다리듯 한 부분에 시선을 고정한다. 이내 교단의 교주처럼 웅장하게 차림을 한 인물이 들어온다. 표정과 몸짓 하나하나가 한 교파를 이끄는 교주다운 무게감이 느껴진다.)
출제자	(관객을 바라보며) 출제자입니다.

학생1	출제자!
학생2	대화를 만든 장본인!
출제자	제가 바로 대화를 만드는 사람이지요. (출제자, 무릎을 꿇고 있는 Man과 Woman의 손등에 키스한다. Man과 Woman, 자리에서 일어나 출제자의 뒤로 가서 충신이 왕을 호위하듯 서 있다.)
출제자	세상엔 고급스러우면서도 맛깔나는 대화가 있어서 우리를 즐겁게 해주는 반면, 너무도 근본 없이 천박해서 눈살이 찌푸려지는 그런 오물 같은 대화도 있습니다. 헌데 전자는 만들기가 여간 까다로운 것이 아니고, 후자는 만들기는 꿀돼지 죽을 만들기 같이 쉬워도 만들다가 내가 되려 오물이 될까 두려운 그런 대화라서, 비단 출제자라면 그 중간 지점을 찾으려고 애써야 하는 법입니다. (학생1과 2를 보고는 눈살을 찌푸리며) 이제 곧 또 다른 대화를 준비해야 하니 저는 이만 물러가 봐야겠습니다. (학생2, 출제자를 막아선다.) 궁금한 점이 많을 줄로 압니다.
학생2	그럼 대답을 해주면 되겠군.
출제자	세상에 이런, 예술가는 오직 작품으로만 대화해야 하는 법입니다.
학생1	여자가 화장실의 위치를 물어본 이유가 도대체 뭐지?
출제자	이것 참 곤란한 처사이군요.
학생2	여자의 마지막 말에 대한 대답으로 적절한 것은?
출제자	쉿.
학생1	여자의 감정으로 알맞은 것은?
출제자	그만! (Man과 Woman, 출제자의 손짓에 학생1과 2를 향해 위협적으로 다가간다. 겁에 질려 뒷걸음질 치는 두 사람. 출제자, Man과 Woman을 뒤로 보낸다. Man과 Woman, 출제자가 손으로 지시를 하자 들리지 않지만 대화하는 시늉을 한다. 출제자, Man과 Woman을 감상

하듯 바라보면서) 예술가에게 마이크폰을 쥐여 주면 그는 곧 예술 작품을 망치는 지름길. (처음과는 다르게 독기가 서려 있는 말투로) 예술가의 침묵을 되지도 않게 깨버리는 행위는 곧 예술가를 살해하는 것과도 같은 행태. 예술가가 자기 예술 작품에 얼씨구나 좋다 하고 헤벌쭉 떠들기 시작하는 순간 작품이 가졌던 오묘한 매력은 깨져버리고 남은 건 볼품없는 뼈다귀일 뿐. 뼈다귀 따위는 들짐승에게 던져버리거나 재가 될 때까지 태워버리는 게, 그게 뼈다귀가 지닌 오직 하나의 운명이라고 할 수 있지요. (학생1과 2에게 다가가며) 그러니 그대들이 내 작품을 망치려고 하는 수작은 나를 죽이려는 것과 진배없으니 내가 감히 지켜만 보고 있다는 건 상상도 할 수 없는 일이요, 험한 꼴 보기 싫으면 당장 그 부유하는 몸뚱이를 치워주시면 아주 감사하겠습니다.

학생1 그렇지만, 저 대화는, 저 대화는 볼 때마다 모습이 바뀐단 말이야.

학생2 똑바로 볼 수가 없어, 똑바로 볼 수가 없어.

출제자 지금 이 순간에도 시간은 흐르고 흘러 만물이 변하고 천하에 똑같이 남아있는 게 단 하나도 없거늘 대화라고 해서 그대들이 볼 때마다 모습이 똑같으면 그게 더 이상한 게 아니고 무엇인지. 이렇게 멍청하게 얼씨구나 떠들고 있는 동안 세상은 아주 잘들 돌아가고 있는데 지구가 태양을 돌듯이 달이 지구를 돌듯이 도대체 그대들이 벌이고 있는 이 쓸모없는 난센스는 어디를 중심으로 빙빙 돌고 있는지. 더는 소중한 시간을 헛된 곳에 낭비하기 싫으니 저는 이만 물러가야겠습니다. (강사 등장. 출제자, 가던 길을 멈춰선다. 강사에게 악수를 건넨다.)

강사 (악수를 무시하고) 언제나 출제자의 입장에서 생각하란 말에요. 아니, 대화 하나 알아듣는 게 그렇게 어려워요? 두 사람의 대화가 그렇게 이해하기 어려워요? 두 사람의 대화가 그렇게 멀게 느껴지냐구요. 미국말이라서? 여러분, 이제 영어가 미국말이라고만 생각하면 안 돼요. 글로비쉬 몰라요? 글로비쉬. 글로벌이랑 잉글리쉬 합친 말. 이제 전 세계가 쓰는 말이라구요. 이제 영어를 못 하면 살아남을 수가 없어, 이 세상에서. 여러분 영어는 과거가 아니에요. 현재진행형이야, ing. 그러니까 언제나 복습, 복습, 복습, 재확인, 재확인, 재확인! 멀게 느낄 필요 없어. 여러분 한국말이랑 똑같아. 아니야? 예전에 한 학생이 저한테 수업 끝나고 와서 질문하더군요. 도저히, 아무리, 똑같은 문제를 몇 번을 들어도 못 알아듣겠다고. 그래서 대답했어요. "그러면 한국말도 똑같아."

학생2 (소리치며) 거짓말!!!!!!!!!!!!!!!!!!!!!!!!!!!!!!!!!!!!

강사 저한테 이렇게 하소연하더군요. "선생님, 차라리 영어가 모국어였다면 얼마나 좋았을까요." 아직도 마음 아파라. "영어랑 한국어가 위치를 바꿨으면 좋겠어요. 영어가 모국어로, 한국어가 외국어로요. 그러면 이 고생 안 해도 되잖아요?" (사이.) 알아요. 영어가 차암 멀게 느껴지는 거. 마치 떠나간 연인과도 같아요. (우수에 잠기며) 한때는 참 가깝다고 생각했는데… 어느 순간 이제 더는 영원히 가까워질 수 없는 사람이라는 걸 깨닫게 되죠. 아무튼, 여러분, 영어가 멀게 느껴져요? 그럴 필요 없어. 가까워지려고 해봐요. 여러분이 한번 대화에 참여해서 직접 시뮬레이션도 해보고 그래 보라니까. 그럼 좀 느낄 수 있으려나? 방에서 거울 보고 혼자서 대화라도 한번 직접 해보란 말이에요. (강사, 유유자적 퇴장한다. 학생1과 2, 멈칫하며 무대 앞쪽을 바라본다. 쭈뼛쭈뼛 무대 앞쪽으로 나와 출제자와 관객을 번갈아 쳐다본다.)

출제자   (흥미롭게 바라보며) 가끔은 길거리에서도 꽤 괜찮은 배우를 만날 수 있는 법이지요. 무대는 당신들의 것입니다. (학생1과 2, 출제자와 서로를 번갈아 보며 어리둥절해한다.)

학생2   그럼…

학생1   (멀리 떨어지며) 안 할 거야. (사이.)

학생2   (떨어진 만큼 거리를 좁히며) 할 거야. (사이.)

학생1   안 할 거야.

학생2   할 거야.

학생1   안 할 거야.

학생2   할 거야.

학생1   안 할 거라고.

학생2   할 거야.

학생1   안 할 거야.

학생2   할 거야!

학생1   안 할 거야!!!

학생2   할 거라고!!!!!!

긴 침묵.

학생1   그럼… 내가 먼저 서브를… (목을 가다듬고 어색하게) 밖… 밖에 나오니 정말 좋네요? (연기톤 풀고) 하지만 여긴 밖이 아니라 실내잖아?

학생2   지금 연기를 하는 거잖아. 마치 밖에 나와 있는 것처럼 대사를 쳐야 된다고!

학생1   실내 스쿼시가 아니라 야외 테니스처럼?

학생2   됐어. 내가 먼저 시작한다. (목을 가다듬고) 밖에 나오니 정말 좋네요!

학생1   날씨가 정말 좋고 바람도 산뜻하네요.

학생2   이렇게 완벽한 날에 일해야 한…

학생1   (말을 끊으며) 못 하겠어.

학생2   도대체 왜?

학생1   이런 게 대화라면 전혀 참여하고 싶지 않아. 그리고…

학생2   그리고?

학생1   내가 하는 말 같지가 않아.

학생2   당연하지. 이건 연기니깐.

학생1   그래도, 대화라면 무언가 오고 가는 게 있어야 하잖아. 이 대화
         에는 그런 게 없어.

학생2   에너지가 없다고?

학생1   그래. 에너지!

학생2   그럼 에너지를 듬뿍 넣어서 하면 되겠네. (목을 가다듬고 과장되
         게) 밖에 나오니 정말 좋네요! (학생1을 기다린다.)

학생1   (주춤하다 과장된 몸짓으로) 날씨가 정말 좋고 바람도 산뜻하네
         요!

학생2   이렇게 완벽한 날에 일해야 한다니 정말 곤욕이네요!

학생1   (몸을 비비꼰다.) 맞아요. 이 인생이 싫어지려고 그러네요!

학생2   하하— 이런. 벌써… (학생2에게) 몇 시지?

학생1   (속삭이듯) 12시 50분.

학생2   벌써 12시 50분이네요. 들어가야겠어요!

학생1   (실망하며) 그래요. 혹시… 이 근처에 화장실이 어디 있는지 아
         세요?

학생2   모르는데요. (학생1, 놀라서 무대를 가로지른다.)

학생1   알 것 같아.

학생2 모른다니까?

학생1 알 것 같다고!

학생2 뭘!

학생1 왜 화장실의 위치를 물어봤는지.

학생2 뭔데?

학생1 여자는 남자를 좋아하고 있어.

학생2 무슨 뚱딴지같은 소리야.

학생1 (기괴한 웃음) 여자는 남자를 좋아하고 있어. 좋아하고 있다고! (다시 기괴한 웃음) 생각을 해봐. 내가 직접 말해 보니깐 이제야 알 것 같아. 화장실의 위치를 물어본 건 왜지? 여자가 화장실의 위치를 정말 몰랐을까? 화장실은 은밀한 곳이야. 특히 이성 간에는! 그런데 왜 갑자기 화장실을 간다고 그래? 화장실에 가서 뭘 하려고? 그래 화장실 칸에 외롭게 앉아서 자기가 느낀 실망감을 해소하려는 거야. 화장실은 무엇이든 사적인 걸 해도 되는 공간이니까! 여자는 남자가 너무 원리원칙주의자라 거기에 싫증을 느낀 거야. 알고 보니 너무 뻔한 남자거든. 아니면 환멸 같은 걸 수도 있어. "12시 50분"? "들어가야겠어요"? 정해진 시간을 훌쩍 넘어 자신과 같이 있어 주길 바라고 있었는데 남자는 관심을 주지 않으니 실망감이 크겠지. 재미없는 남자. 알람이 울리면 땡! 하고 움직여야 하는 남자. 생각해 봐. 나 같았어도 내가 좋아하는 사람이 그렇게 재미없는 사람이라는 걸 깨달아 버리면 당장 화장실로 달려가 변기에 얼굴을 처박고 엉엉 울어버릴걸? 너무 실망스러우니깐! 실망감이 그렇게나 큰 이유는 바로 여자는 남자를 좋아하고 있어서야! 됐어. 모든 미스터리가 풀렸어!

출제자 참 재미있는 하나의 해석이군요.

학생1 (출제자의 멱살을 잡는다.) 내 말이 맞잖아! 내가 수수께끼를 풀었잖아. (Man과 Woman, 위협적인 표정으로 다가온다.) 빨리 말해. 내 말이 맞다고! 여자가 화장실의 위치를 물어본 게 바로 남자를 좋아해서라고!

학생2 말해!

학생1 말해 빨리!

학생2 말해!

학생1 당장 말하라고!

출제자 (멱살을 거칠게 풀며) 나도 모릅니다.

학생1, 2 (동시에) 뭐?

출제자 모른다고 말했습니다.

학생1 어떻게 모를 수가 있어.

학생2 당신이 출제자잖아.

출제자 그대들의 우매한 지능을 일깨워주기 위해서 한마디 친히 해드리자면. (목을 가다듬는다. Man과 Woman을 어루만지며) 여자가 화장실이 어디인지 왜 물어봤는지 그 연유가 궁금하다고요? 나도 모릅니다. 대화를 만든 출제자인 나도 그건 모릅니다. (흥분해서) 나는 이 대화를 상자 안에 가둔 적이 없어. 내가 이 대화를 상자에 가뒀다고 생각하는 건 당사자들의 인생이 상자 안에 가둬진 것처럼 느껴서겠지! 다시 손쉽게 이야기를 해줄까? 지금 자기 인생이 답답하고 앞날이 캄캄하니깐 숨이 턱 막히고 물에 빠져 익사하는 기분이겠지. 미래는 까마득하고 먹고 살 궁리는 해야 하는데 세월이 지나면서 신체 능력, 지적 능력은 퇴화하고. 누군가에게 비난의 화살을 돌리고 싶겠지. 그 화풀이 대상이 바로 나야. 이 아무 죄 없는 출제자. 그래, 자식이 잘못하면 부모가 욕을 먹지. 그런데 부모가 자식의 모든 잘잘못에 책임져야 한다는 건 정말 잔인한 도덕적 망상이야. 그게 그대들이 바라는 건가? 내 대화도 하나의 생명체야. 자기만의 개성을 갖고 숨을 쉬며 돌아다니는 내 자식과도 같은 존재. 그러니 되지도 않게 대화가 어쩌고저쩌고 마지막 말이 어쩌니저쩌니 위험한 질문을 건네서 내 자식의 숨통을 끊어놓는 짓은 그대들의 우매한 뇌 속 망상에서나 친히 활개 치길 바라며 나는 그럼 이만. (출제자, Man과 Woman을 데리고 서둘러 퇴장한다. 긴 사이. 학생 2, 출제자가 있던 자리를 허망하게 바라본다. 공책과 펜을 바닥에 널브러뜨린 채 주위에 주저앉는다. 학생1, 그 옆을 긴장된 몸짓으로 서성인다.)

학생1 들었지?

학생2 들었지.

학생1 모른대.

학생2 모른다더라.

학생1 대화를 만든 사람도 모르는 거면⋯

학생2 대화를 듣는 사람도 몰라야 하나?

학생1 (벌떡 일어서서) 그건⋯ 영원히 알 수 없는 미스터리야⋯

학생2 (울먹이며) 알 수 없는 미스터리를 해결하고 싶은 건 인간의 본능이야⋯ 미지의 세상을 탐험하는 건 언제나 인류의 염원이었어. 도화지가 비어 있으면 색을 채워 놓고 싶은 게 인간의 원초적 욕망이야⋯ 그렇지만 도저히⋯ 도저히⋯ 적어 내려갈 수가 없어⋯ 저 둘의 대화는⋯ 내가 파고들면 파고들수록 의미가 점점 희미해져 버려⋯ 왜 그런 걸까? 저 둘이 돌려 말하고 있어서일까? 저 둘이 지금 비유를 하고 있는 걸까? 적을 때마다 생각할 때마다 자꾸 가면을 바꿔버려⋯ 나는 저 둘의 대화를 파악할 수가 없어⋯ (사이.)

학생1 나는 좋아.

학생2 무슨 소리야?

학생1 나는 네가 아무 글자도 적을 수 없다는 게 좋아.

학생2 지금 남의 고통을 조롱하는 거야?

학생1 그런 소리가 아니야! 그런 소리가 아니야… 내가 말하고 싶은 건…

학생2 말해! 돌려 말하지 말고 쭈뼛대지 말고 나를 보고 똑바로 말해!

학생1 그 하얀 빈 종이… 우리 부모님의 눈망울과 비슷해.

학생2 또 비유, 비유, 비유, 비유, 너는…

학생1 내 말을 끝까지 들어, 제발! (사이.) 너는 믿지 못하겠지만 나는 내가 태어난 날을 똑똑히 기억해… 아마도 엄마나 아빠가 나를 안고 있었겠지. 둘 다일 수도 있고. 나는 나를 바라봤던 그 눈동자를 생생히 기억해. 그 눈동자에서 하얀 도화지를 봤어… 처음엔 부모님의 눈동자가 참으로 아름답다 생각했지. 그런데 얼마 지나지 않아 깨달았어… 그 하얀 도화지는 부모님의 눈동자가 아니라 부모님의 눈동자에 비친 나였다는 걸. 때 묻지 않은 하얀 도화지가 바로 나였어. (강단으로 올라간다.) 기대였을까? 질투였을까? 부모님은 우주를 가득 담은 눈망울을 하고 나를 내려다봤어. 내가 우주였을까? 내가 미지의 세계였을까? 아마 저마다 그 하얀 도화지에 무엇을 그릴지 상상했겠지? 내가 어떻게 자랄까… 나중에 커서 어떤 사람이 될까… 누구랑 결혼할까… 직업은 뭘까… 자식은 어떻게 생겼을까… 그 하얀 도화지는 정말 무한한 가능성을 품고 있었어. 하지만 어린 사자는 자라야 해… 빈 도화지는 채워지고 실체가 드러나고 말지… 부모님의 눈빛은 실망스러운 물감으로 채워지고 내 인생의 밑그림은 되돌릴 수 없이 아주 진해져. 나는 고정돼 버린 거야. 내 인생은 볼품없는 완성품일 뿐이야. 내 인생은… 어린 사자가 봤던 그 그림자를 더는 볼 수가 없어. 나는 좋아 그래서… 네가 그 빈 종이에 아무것도 적을 수 없다는 게 좋아. (퇴장한다. 긴 사이. 학생2, 절박함에 가득 차 공책을 사납게 뒤적거리며 펜으로 무언가를 끄적이기 시작한다. 몇 줄 적다가 이내 공책과 펜을 집어 던지고 바닥에 주저앉아 무릎에 얼굴을 파묻는다. 출제자와 강사 등장하여 학생2 주변에 선다. 영어 듣기 평가 음악이 울려 퍼진다. 음악이 흐르는 동안 10초간 정적. 이윽고 세 사람 번갈아 가며 빠르게 말하기 시작한다. 세 사람이 말하는 동안 1장 처음에 등장한 듣기 평가 지시 사항 녹음본도 동시에 겹쳐서 무대에 재생된다. '/' 표시는 서로 끼어들어 말하는 부분을 나타낸다.)

학생2 (올려다보며) 여자의 마지막 말/에 대한 대답으로 적절한 것은?

출제자 출제자인 나도 모릅니다.

학생2 만든 사람이/ 모르는 거면…

강사 출제자의 의도/를 생각해야 해요.

학생2 빈 깡통과도 같다/는 말이잖아?

출제자 하지만 훌륭한 비평가들/이 있지요…

강사 이 대화가 왜 그렇게/ 어려웠는지 모르겠어요.

학생2 빈 깡통… 비유… 비유…

출제자 작품은 자식/과도 같은 존재.

학생2 여자가 화장실의 위치를/ 물은 까닭은?

강사 오고 가는 에너지를/ 느껴봐요!

학생2 정말 멍청한 질문/이잖아?

강사 우문현답/이라는 말 알죠?

출제자 부모는 자식을/ 통제할 수 없지요.

강사 (확실히 들리게) 스따압! 정신 똑바로 차려요! (음악 소리, 지시사항 녹음본 꺼지면서 정적. 학생2와 출제자, 일제히 강사를 쳐다본다.) 질문이 멍청해도, 현명하게 대답하라! 이거에요. 누가 멍청하고 쓸모없고 머리에 와닿지도 않는 말을 건넨다고요? 그럼 일단 화내지 말고! 침착하게! 현명한 대답을 찾으라 이거에요. 그럼 오늘 강의는… (사이.) 여기서 끝내도록 할게요.

출제자, 학생2 (동시에) 잠깐만! (강사, 유유자적하게 퇴장한다. 학생2와 출제자, 정면을 바라보며 아무 말도 하지 않고 있다. 두 사람, 이윽고 관객과 서로를 어리둥절한 표정으로 번갈아 쳐다보다가 무대 암전.)

에필로그

강단을 중심으로 조명 밝아진다. Man과 Woman, 강단에 걸터앉아 있다.
이전 대화와는 다르게 아주 자연스럽게 연기를 한다.

Man   What a lovely day to be outside!

Woman   Yes, it is so breezy and warm.

Man   I'm so sorry we have to work in this perfect day.

Woman   Tell me about it. I'm so dreading this life.

Man   Haha– Oops, it's already 12:50. We gotta head back to our place.
(일어선다.)

Woman   (같이 일어서며) Alright. Well, do you happen to know where the
restroom is around here? (두 사람, 무덤덤하게 정면을 바라본다.
이윽고 어두워지는 조명. 막.)

■ 당선소감

저는 2년 전쯤에 희곡과 연극의 매력에 푹 빠졌습니다. 등장인물들이 무대 위에서 서로 대사를 주고받으며 생성해내는 에너지가 저를 매료했습니다. 제가 희곡을 좋아하게 된 이유는 다름 아닌 인물의 살아 있는 목소리였습니다. 독백이든, 두 사람 간의 대화든, 여러 사람이 한꺼번에 쏘아붙이는 난장판이든, 살아 있는 목소리들이 무대 위에서 메아리치는 모습을 상상하거나 실제로 목격하면 마음이 설렜습니다. '양인대화'는 그런 느낌에서 쓰기 시작한 작품이었고, 그런 느낌을 전달하고자 부단히 노력한 작품이었습니다.

이 작품을 쓰려고 하니 세상만사 모든 게 대화처럼 느껴졌습니다. 극작 자체도 어떻게 보면 작품과 작가 간의 치열한 대화였습니다. 이건 아니야, 저건 아니야, 이런 식으로 하면 어떨까, 난 이게 좋은데. 나 자신도 모르는 에너지가 작품과 나 사이에 생겼습니다. 저는 이 에너지를 이용해서 읽는 이, 보는 이에게 위안과 재미를 주는 작품을 쓰려고 부단히 노력했습니다. 그동안 수많은 작품이 제게 위안과 재미를 준 것처럼 말입니다. 그리고 그 노력이 생각지도 못하게 좋은 열매를 맺어 기분 좋을 따름입니다.

감사할 사람들이 참 많습니다. 사랑하는 가족들. 내 주위를 열정으로 채워주는 친구들과 동료들. 작품 보는 눈을 한층 더 깊게 만들어주신 선생님들. 그리고 위대한 작품들. 위대한 극작가들. 힘듦과 지루함을 달래주었던 모든 연극 공연과 연극계에 종사하는 연극인들까지. 시간을 들여 작품을 심사해주신 심사위원분들과 이런 기회를 마련해 주신 조선일보사에도 감사를 표하고 싶습니다. 마지막으로, 방상미, 이름 석 자 불러줄게. 엄마 고맙고 사랑해요!

문제작이 많았다. 소재도 다양했고 나름의 완성도에 신선한 형식미까지 갖춘 작품이 여러 편이라 어떤 작품을 올려야 할지 오랫동안 원고들을 뒤적였다.

수상작 '양인대화'는 대입을 앞둔 고등학생의 영어 듣기 평가를 소재로 삼은 작품이다. 큰 사건이나 갈등도 없고 그저 테니스공을 치고받듯 말들이 오고 가는 작품에 불과하다. 그런데 그 말들이 어찌나 능청맞고 화사하고 요사스러운지 읽는 내내 눈을 돌릴 수가 없었다.

그러나 자신이 만든 말의 감각에 도취되지 않았다. 말들의 향연 속에 진정한 소통이 가능한지 물어보기도 하고, 부조리의 유희인가 싶으면 문제의 부정확성으로 인한 사회적 파장을 연상시키기도 하고, 그러다 어느새 누군가를 따라잡기 위해 고군분투하는 한국적 근대의 아킬레스건을 건드리기도 한다. 그리하여 'What a lovely day to be outside!'라는 평범한 영어 문장을 마지막에 다시 한 번 목도하면, 같은 문장이 전혀 다른 힘을 발휘하게 되는 것이다. 이 능청맞고 야심만만한 작가의 다음 행보를 기대한다.

예년 같으면 최종 심의에 오른 한두 편을 덧붙여 더 언급했었다. 그러나 올해는 아까운 작품들의 제목을 가능한 한 많이 거론하기로 하자. '분필싸움' '살인모의' '안과 박' '우리는 개처럼 엎드려 사랑을 짖었다' '컬럼비아대학 기숙사 베란다에서…' '착한 아이' '하와이에서 생긴 일'.

새로운 작가들이 대거 나타나려는 조짐이 보인다. 그들 모두 구태의연한 과거의 세상을 훌쩍 넘어서시길 바란다.

가족연극

■

홍진형

1985년 출생
중앙대학교 문예창작학과 졸업

등장인물

여자/지현(1인 2역): 30세 전후의 여자.

그녀: 60대 초반의 여자.

아버지: 60대 중반의 남자.

무대는 바닷가에 있는 요양병원, 그녀가 입원해 있는 1인 병실. 조명이 들어오면 그녀와 아버지, 그리고 지현의 모습이 보인다. 창밖으로는 쓸쓸한 풍경의 초겨울 바다가 보인다. 지현은 커다란 캐리어를 쥐고 있다. 지현은 이후에 등장할 '여자'와 동일한 배우가 연기한다.

아버지 몇 년 있는다고?
지현 일단은 이 년 과정인데, 잘 되면 더 있을 수도 있어요.
아버지 길게 있네. 잘 되라고 해야 하는데 그동안 우리 딸 못 보는 건 아쉽다. (그녀에게) 당신도 그렇지?

그녀는 인사하지 못하고 지현을 보고만 있다. 그러다 지현이 그녀를 보니 얼른 고개를 돌려 시선을 피한다. 지현은 침대 옆 협탁에 놓인 가족사진을 집어든다.

지현 이거 저 중학교 졸업식 때 찍은 거죠? 언제부터 여기 있었어요?
아버지 네 방에 있던 거지? 아빠가 급히 갖고 나오느라 얘기 못 했네. 너 필요하면 아빠가 또 인화해서 택배로 보내줄게.
지현 됐어요.

지현, 가족사진을 쓰레기통에 버린다. 놀란 그녀가 허겁지겁 일어나 쓰레기통에서 사진을 꺼낸다. 사진을 다시 빼앗으려는 지현과 빼앗기지 않으려는 그녀 사이에 작은 몸싸움이 벌어진다. 아버지가 겨우 두 사람을 떼어놓는다.

아버지 두 사람 다 끝까지 왜 이래.
지현 (그녀에게) 당신이 그 사진 볼 자격이 있어요?

아버지 엄마가 왜 자격이 없어?

지현 아빠도 그만 좀 하세요. 이젠 불쌍해 보이는 게 아니라 멍청해 보이려고 하니까.

아버지 너 좀 컸다고 아빠엄마한테 말버릇이 아주···

그녀 도대체 내가 언제까지 빌어야 하니?

지현 옛날에 내가 뭐 잘못하면 했던 얘기, 기억 안 나요? (우스꽝스럽게 흉내내며) 언젠가 용서해주겠지, 그런 생각하지 마. 엄만 네가 진심으로 뉘우칠 때까지 기다릴 거야. 평생이 될 수도 있어. (사이) 와, 우리 송 여사님 정말 모르겠단 표정이시네? 입에 밴 것처럼 하던 말인데 어쩜 그럴 수 있지?

그녀 네가 날 송 여사라 부르든 당신이라 부르든 난 네 엄마야.

지현 그래서 당신이 미운 거예요. 당신이 내 엄마라서.

지현이 그녀에게서 가족사진을 빼앗아 병실 창밖으로 던져버린다.

지현 다음에 당신이 또 내 앞에 나타나면 그때 떨어지는 건 사진이 아닐 거예요. 어디 한번 딸 죽인 엄마로 평생···

그녀가 지현의 뺨을 때린다.

아버지 여보!

그녀 너 대체 무슨 소릴···

지현이 그녀의 얼굴로 손을 가져간다. 그녀는 놀라 움츠러들지만 지현은 그녀의 얼굴을 잡고 빤히 보기만 할 뿐이다.

186

아버지 유지현!

지현 어디 한번 잘 살아보세요. (아버지에게만) 그럼, 안녕히 계세요. 도착하면 연락할게요.

지현은 그대로 병실을 떠난다. 무너지듯 자리에 주저앉는 그녀.

그녀 (자신의 손을 보고) 난… 일부러 그런 게 아니야. 나도 모르게…

아버지 알아. 당신이 얼마나 지현일 사랑하는데…

그녀는 바닥에 쓰러진 채 울음을 터뜨리고 아버지는 어린아이 달래듯 그녀를 달랜다. 조명이 꺼진 뒤에도 그녀의 울음소리가 계속 들린다.

조명이 다시 들어오면 장소는 여전히 그녀의 1인 병실. 그녀가 침대에 앉아서 식사를 하고 있다. 옆에는 여자가 그녀의 식사 수발을 들고 있다. 여자는 앞에서 지현을 연기한 배우와 동일한 배우가 연기한다. 그녀가 마지막 밥 한 숟갈을 뜬다.

여자 어… 엄마가 좋아하는 반찬은 다 떨어졌다. 이거밖에 안 남았어요.

그녀는 황급히 맨밥을 입에 넣는다.

여자 간호사 선생님이 골고루 드셔야 한다고 했잖아요.

그녀 그건 맛없는 걸…

여자 그래도 날 봐서요. (어리광부리듯) 한 번만요. 예? 딱 한 번만. 이것만 드심 남은 건 그냥 다 버려도 돼요. (사이) 안 드시면 저

다음 주엔 안 와요!

그녀, 입을 살짝 벌리고 여자가 반찬을 집어 입에 넣어준다. 그녀는 두어 번 씹어보곤 그대로 삼킨다.

여자   그렇게 별로예요?

여자가 따라서 반찬을 집어 먹어보곤 곧바로 얼굴을 구긴다.

그녀   맛없다고 했잖아.
여자   아무리 병원밥이라지만 이건 좀 심하다. 간호사 선생님들은 이 거 이런 줄 알아요?
그녀   (웃으며) 그래도 그게 몸에 좋대.
여자   아니 몸에 백날 좋음 뭐해요. 엄만…

여자, 말을 하다 말고 눈치를 본다.

그녀   괜찮아. 없는 소리 한 것도 아닌데, 뭐.
여자   다음 주에 올 땐 엄마 드시고 싶은 거 갖고 올게요. 병원에서 먹음 안 된다고 한 것도 싹 다.
그녀   글쎄 여기 선생님들 깜짝 놀래키려면 뭘 먹어야 하나? 고기라 도 구워먹을까?
여자   그거 좋다. 내가 다음 주엔 특에이급 안심에다가 불판까지 챙 겨올게요. 우리 저 앞 백사장에 앉아서 구워먹어요. 음… 그러 기엔 날이 좀 쌀쌀한가?
그녀   그러고 보니 여기 와서 저기 내려가 본 적이 한 번도 없네.

여자   하긴… 나도 올 때마다 보면 텅 비었더라. (사이) 여기 풍경은 참 사람 싱숭생숭하게 만드는 게 있어요. 그런 데다 병원을 지은 건가, 아님 병원이 있으니까 그래 보이는 건가? 일주일에 한 번씩만 봐도 기분이 이런데… 매일 보고 있음 어때요?

여자는 대답을 기다리지만 그녀는 대답하지 않는다.

여자   이젠 익숙해져서 아무렇지도 않아요? 아님… 엄마도 쓸쓸해요?
그녀   난 괜찮아. 바다 색깔도 예쁘고 백사장 모래 색깔도 곱잖아.

여자, 고개를 돌려 그녀를 본다.

여자   그러니까요. 이렇게 풍경이 예쁜데 사람 다닌 흔적이 없잖아요. 그러니까 더 쓸쓸해요.

침묵. 두 사람 말없이 서로를 바라본다.

그녀   (여자의 옷을 만지며) 옷이 얇다. 춥겠네.
여자   겨울옷 살 일 없는 곳에서 삼 년을 있었더니 그래요.
그녀   선물 하나 줄까?
여자   갑자기요?
그녀   잠깐만.

그녀, 침대 옆 협탁에서 박스를 꺼내 여자에게 내민다.

여자   엄마가 열어주세요.

그녀　외국에 나가있더니 어리광이 부쩍 늘었네.

상자를 열면 그녀가 직접 뜬 목도리가 들어있다.

여자　와, 직접 뜨신 거예요?

그녀　응. 한창 추울 때 다 될 줄 알았는데 생각보다 일찍 끝났어. 여기선 할 일이 없어서 그런가 봐.

여자　(목도리를 하고) 어때요? 잘 어울려요?

그녀　좀 어두운 걸로 할 걸 그랬나? 너 밝은 색깔 옷 잘 안 입잖아.

여자　에이, 어두운 옷을 입으니까 이런 아이템은 밝은 걸 해서 포인트를 줘야죠. 병원에 오래 계시더니 패션을 잘 모르시네.

그녀　우리 딸, 말 예쁘게 해서 좋다.

여자　그런데 갑자기 웬 선물이에요?

그녀　생일선물.

여자　(셈을 해보고) 생일은 한참 전에 지났는데…

그녀　삼 년 동안 못 줬잖아. (사이) 그리고… 내년에도 못 줄 거고.

여자　엄마…

그녀　우리… 애써 모른 척 말자. 우리한테 남은 시간이 얼만지 다 얘기해. 그래야 그 시간 잘 보내지.

여자　갑자기 분위기 센치하게 만드시네. 나 때문에 맛없는 반찬 먹었다고 이러시기에요?

그녀　엄만 이제 오래 사는 거 안 바래. 얼마 안 되는 시간이래두 잘 살고 싶어. 딱 하루만이래두, 단 일주일이래두 너랑 잘 지내고 싶어.

여자　잘 지내면 되죠.

여자가 그녀의 손을 잡는다. 그녀는 아직도 여자의 살가운 태도가 낯설다. 그녀가 주저하다가 여자를 안는다. 여자는 맨살을 찌르는 목도리의 촉감에 얼굴을 찡그린다.

그녀　미안… 많이 따가워? 엄마가 이런 거 처음 해봐서…

여자　별 거 아니에요. 그냥 이런 거 해본 지가 오래돼서 그래요. 하다 보면 익숙해지겠죠.

그녀　불편하면 풀러도 돼.

여자　아니에요. 계속 하고 있어야 빨리 편해지죠.

아버지가 병실로 들어오다 여자를 보고는 깜짝 놀란다. 여자도 아버지를 보고는 그녀에게서 떨어진다.

아버지　너… 언제 왔니?

여자　좀 전에요.

그녀　당신이 좀 데리고 오지. 지현이 기차 타고 왔대.

아버지　온단 말을 안 해서…

여자　예. 아빠 몰래 온 거예요. 엄마랑 단 둘이만 있고 싶어서.

아버지, 여자를 끌고 구석으로 간다.

아버지　(목소리를 죽이고) 또 왜 왔어? 내가 오지 말라고 했잖아?

여자　딸이 매주 오다 갑자기 안 오면 엄마가 서운해하지 않겠어요?

아버지　누가 네 엄마야?

여자　말조심하세요. 듣기라도 하면 어쩌려고요?

아버지　네가 안 나타나면 될 일이야.

여자　글쎄요. (목도리를 보여주며) 저 여잔 아닌 것 같은데요?

아버지　그건…

여자　엄마가 딸한테 주는 선물.

그녀　둘이 그러고 있는 거 보니까 괜히 질투난다? 이제 서울 가서도 종일 붙어있을 거면서 여기서도 그래야 돼?

여자　아니에요. 아빠가 삐쳐서 좀 풀어드리고 있어요.

그녀　눈꼴 시리니까 난 화장실이나 가야겠다.

그녀가 나가려는데 여자가 부축을 한다.

여자　같이 가요.

그녀　괜찮아. 화장실 정돈 혼자도 갈 수 있어. 그리고 그냥 나가면 어떻게 알았는지 간호사 선생님들이 금방 따라와.

여자　그래도…

아버지　그래, 갔다 와, 그럼.

아버지가 여자를 붙잡는다.

그녀　그래. 이번엔 내가 당신한테 지현이 잠깐 양보할게.

그녀가 병실을 나간다. 여자는 그녀가 나간 걸 확인하자마자 목도리를 벗는다.

여자　와, 답답해 죽는 줄 알았네.

아버지　나한테 복수라도 하고 싶어서 이러니?

여자　아빠랑 딸 사이에 무슨 그런 무서운 소릴 하고 그러세요? 그런 무서운 말 대신 윈윈 전략이라고 해요. 그게 듣기도 좋잖아요? 당신 부인은 마지막 날까지 가짜 딸이랑 행복한 시간 보내고, 당신은 그 모습 보면서 흐뭇해하고, 난 이 핑계로 삼십 년 동안 받아본 적 없는 아빠 용돈 좀 받고. 이러면 모두가 행복해요.

여자는 태연하게 아버지의 가방을 뒤져 돈봉투를 찾아낸다. 그리고 보란 듯이 돈을 센다. 꽤 많은 양의 지폐가 들어있다.

아버지 넌 나한테 이러면 행복하니?

여자 다 준비하셨으면서 괜히 그러신다. 삼십 년 만에 아빠 노릇 좀 하려니까 쑥스러워서 괜히 그러시는 거죠? 가족끼린 원래 닭살 돋는 행동도 하고 그래도 돼요. (혼잣말하듯) 안 그럼… 나중에 아쉽더라구요.

아버지 내가 부탁한 건 딱 한 달이었어.

여자 그럼 그 뒤엔 어쩌려고 그러셨어요? 이 여자가 딸 찾으면요? (그녀에게 말하듯) 사실 지난주까지 온 애 지현이 아냐. 지현이 꼭 닮은 내 첫째 딸 지은이야. 당신도 알지? 내가 첫 번째 결혼 때도 딸 낳은 거. 보통 첫째 딸이 아빨 닮는다는데, 둘 다 날 너무 닮았어. 둘 다 엄마들한텐 첫째 딸이라 그런가? 아무튼 걔가 한 달 동안 지현이인 척한 거야. (목소리를 바꾸고) 뭐 이런 말이라도 하실 생각이셨어요?

아버지 네가 상관할 일 아니야.

여자 왜 상관할 일이 아니에요. 나도 이 소꿉놀이에서 배역을 맡은 사람이에요. (목도리를 두르며) 어때요? 잘 어울려요?

아버지 그거 네 거 아냐. 그 사람 그거 잠도 제대로 안 자고 만들었어. 성치 않은 몸으로.

여자 지현인 알았어요? 지가 배다른 언니랑 쌍둥이처럼 닮은 거? 솔직히 난 이 여자 좀 불쌍하기도 해요. 이해도 안 가고. 어떻게 엄마가 딸 죽은 걸 삼 년 동안 모를 수가 있어요?

아버지 조용해라. 듣기라도 하면 어쩌려고.

여자 안 되겠다. 그냥 다 얘기해야겠다. 엄마면 딸이 어떻게 됐는지 알아야죠.

여자가 병실을 나가려는데 아버지가 거칠게 붙잡는다. 아버지가 여자를 노려본다. 여자는 아버지를 빤히 보다가 웃음을 터뜨린다.

여자 (놀리듯) 오오. 그 표정 진짜 무서웠어요. 알았어요, 알았어. 얘기 안 해요. 그냥 장난 좀 쳐본 거예요. (사이, 웃음기 없는 목소리로) 그런데요. 방금 그 표정… 지현이한테도 보여준 적 있어요?

아버지 미안하다. 순간 흥분했어.

여자, 거울을 보고 얼굴을 구기며 아버지의 표정을 흉내낸다.

여자 나도 나중에 화낼 일 있을 때 그런 얼굴 해야겠어요. 이상하게 내가 화내면 사람들이 움찔도 안 해요. 얼굴은 당신을 닮았는데 제대로 화 못 내는 건 엄말 닮았나 봐요. (사이) 처음인 거 아세요? 저 만나고 미안하단 말 한 거.

아버지 처음 만났을 때… 안 했니?

여자 정말 닮았구나. 그게 당신이 나한테 처음 한 말이에요. 그런데 누굴 닮았단 말이었어요? 당신? 아니면 지현이?

아버지 그것도… 미안하다.

194

여자	당신한테 전화 받고 내가 왜 나간 줄 아세요? 확인하고 싶었거든요. 엄마 말이 맞는지.
아버지	네 엄마가 뭐라고 그랬는데?
여자	(거울 속 자신을 노려보며) 넌… 네 아빨 끔찍하게 닮았어. (사이) 난 엄마 말에 반박하고 싶었는데 그럴 수가 없었어요. 난 아빠가 어떻게 생긴지 몰랐거든요. 우리 집엔 당신 사진이 한 장도 없었어요. 궁금했어요. 도대체 얼마나 닮았길래 끔찍하게 닮았단 소리까지 들어야 하나.

여자, 돌아서서 아버지 앞으로 온다.

여자	그런데 실제로 보니까… 엄마가 거짓말한 건 아니구나 싶더라구요.
아버지	힘들어서 그랬을 거야. 여자 혼자 아이 키우는 게 쉬운 일이 아니니까.
여자	그렇게 자라는 자식 역할도 쉽진 않아요.
아버지	너무 나쁘게만 생각하지 마라. 그래도 나한텐 너 좋은 얘기만 했어.
여자	아무 얘기도 안 하셨음 내가 이런 같잖은 소꿉놀이에 낄 일도 없었을 텐데. 아닌가? 당신 닮았단 얘길 해줘서 이렇게 용돈벌이라도 할 수 있는 건가? 그런데 아직도 모르겠어요. 그때 엄만 당신을 왜 만난 거예요? 십구 년 만에 만났던 거라고 했죠?
아버지	(고개를 끄덕이고) 네 고등학교 졸업식에 같이 가자더라.
여자	그런데 안 왔잖아요?
아버지	같은 날에 지현이 중학교 졸업식이 있었어.
여자	그러고나서 십이 년… 엄마가 부탁한 지 십이 년만에야 날 만

난 거네요?

아버지 미안하다. 너한테도… 네 엄마한테도…

여자 그새 미안하단 말이 습관이라도 되셨나 봐요. 그런데 어떻게 해요? 당신 사과 받아줄 엄만 작년에 돌아가셨어요. 그리고 정말 미안하긴 하세요? 지금 제가 여기 이러고 있는 거, 이건 엄말 이용하는 거 아니에요? 그때 엄마가 내가 당신을 닮았다고 했으니까 그걸 기억하고 나한테 이런 말도 안 되는 연극을 부탁한 거잖아요. 엄만 참 불쌍하다. 죽어서까지 당신한테 이용이나 당하고.

아버지 그렇게 말하면 네 기분이 좀 좋아지니?

여자 더 좆같아질 것도 없어요.

아버지 그래. 내가 너랑 네 엄말 버렸다. 그것도 모자라서 네 엄마가 한 말을 듣고 널 이용했어. 그럼 넌? 넌 지금 뭐하고 있는 거니? 내가 네 엄말 버리게 만든 여잘 엄마라고 부르고 있는 너는? 넌 네 엄마한테 무슨 짓을 하고 있는 거니?

여자 난 당신이 부탁해서…

아버지 내가 부탁해서! 언제까지 그 핑곌 댈래? (돈봉투를 쥐고 있는 여자의 손을 잡아 흔들며) 넌 돈 때문에 네 엄말 배신한 거야. 삼십 년 전에 난 내가 얼마나 못난 인간인지 알고 있었어. 그런데 넌? 넌 지금 네가 뭘하고 있는진 알고 있니?

긴 침묵. 아버지는 여자의 침묵이 오히려 당황스럽다.

아버지 내가 흥분해서 괜한 소릴 했다. 신경쓰지 마라. 죽은 사람은 죽은 사람이고 산 사람은 살아야지.

아버지가 여자의 손을 놓자 여자가 돈봉투를 떨어뜨린다. 아버지가 돈봉투를 집어서 다시 여자에게 쥐여준다.

아버지 넌 네 엄말 배신한 것도 아니고 못난 짓을 한 거도 아냐.

여자 배신… 할 자격도 나한텐 없어요. 엄만 입버릇처럼 말했어요. 당신이 자길 혼자 남겨두고 떠났다고. 자기 혼자 남았다고 했어요. 당신을 닮은 자기 딸한테요. 엄마한테 난 당신의 공범, 아니 당신이 남기고 간 흔적 뭐 그런 거였어요. (사이) 그러니까 내가 돈 때문에 여길 온다고 해서 엄만 서운해 하면 안 돼요. 내가 당신의 두 번째 부인을 엄마라고 부른다고해서, 내가 이 목도릴 두른다고 해서 그런 이유로 서운해하면 안 되는 거라구요.

여자, 병실을 나가려고 한다.

아버지 조금만 더 있으면 그 사람 돌아올 거다.

여자 오늘은 더 이상 소꿉놀이할 기분이 아니에요.

아버지 다음 주…에도 올 거지?

여자 돈 준비해놓으세요.

여자, 병실을 나간다. 아버지가 혼자 남는다. 조명 꺼진다.

무대가 아직 어두운 가운데 초에 불이 붙고 아버지의 생일축하 노래 소리가 들린다. 조명이 들어오면 고깔모자를 쓴 그녀와 아버지의 모습이 보인다. 두 사람 사이에 케이크가 있다.

아버지   (노래를 끝내고) 생일 축하해, 여보.

노래는 끝났지만 그녀의 관심은 오로지 병실 문 쪽에만 가 있다.

아버지   지현이 기다리지?
그녀   미안…
아버지   당신이 뭐가 미안해. 약속 어긴 지현이가 미안해야지. 전화라
           도 해볼까?
그녀   됐어. 무슨 일 있나 보지.
아버지   애가 요즘 바빠. 주말에도 출근하고 그래. 그래서 지난주에도
           지지난주에도 못 온 거야.
그녀   알아… (사이) 여보… 난 아직 지현이가 낯설어…
아버지   낯설 게 뭐가 있어. 그냥 옛날처럼 대하면 돼.
그녀   지현이가 나한테 모진 말 했을 때처럼?
아버지   말고 그 전에.
그녀   지현이가 내가 해준 미역국 다 토해냈을 때처럼?
아버지   그 전.
그녀   지현이가 나한테 다시 생각하라고 울면서 매달렸을 때처럼?
아버지   훨씬 전. 지현이가 아무것도 몰랐을 때.
그녀   (고개를 저으며) 생각이 안 나.
아버지   우리 다 같이 놀이공원 갔을 때. 그때 당신 처음 롤러코스터 타
           본다고 했잖아. 지현이가 그때 당신 얼마나 놀렸는데. 기억 안
           나?
그녀   (고개를 저으며) 응.
아버지   지현이 중학교 졸업식 때, 학생 대표로 졸업사 했잖아. 그때 지
           현이가 엄마한테 고맙다고 한 거 기억나지? 그거 녹화해서 매

일 봤어, 당신. (사이) 지현이 네 살 때였나? 우리가 다리 밑에서 주워왔다고 말했더니 지현이가 그때 이렇게 말했잖아…

그녀　　계속 같이 살아도 돼요?

아버지　(웃음) 맞아. 그때 지현이 엄청 귀여웠는데.

그녀　　그런 농담 하지 말 걸 그랬나 봐.

아버지　농담이었잖아.

그녀　　상처받았을 거야.

아버지　금방 풀었잖아.

그녀　　잠깐이라도, 단 몇 분이라도, 일 초라도 상처받았잖아.

아버지　당신 말이 맞아. 그러지 말걸. (사이) 여보 초!

그녀　　(급하게 불을 끄고) 미안. 당신 일부러 여기까지 왔는데 내가 너무 분위기 깨는 소리만 했지?

아버지　괜찮아.

그녀　　참, 나 당신한테 줄 거 있어.

그녀가 침대 옆 협탁에서 작은 박스를 하나 꺼낸다. 열어보면 여자에게 주었던 목도리와 비슷한 색깔의 장갑이 들어있다.

그녀　　당신 몰래 뜨느라 힘들었어. 지현이랑 똑같이 목도리로 할까 하다가 당신 목 갑갑한 거 싫어하잖아. 그래서 장갑으로 했어.

아버지　마침 장갑 하나 필요했는데. 안 사도 되겠다.

그녀　　피… 참 멋없게 말하네. 안 사도 되겠다가 뭐야?

아버지　에이, 괜히 부끄러워서 그러지.

문이 열리고 큰 트렁크를 들고 여자가 들어온다. 여자는 그녀에게 받은 목도리를 하고 있다.

여자	죄송해요. 늦었죠? 어! 나 없이 케이크도 한 거예요? 좀만 기다리지.
아버지	애는. 지가 늦어놓고 왜 먼저 화를 내?
여자	에이, 민망하니까 그러죠. 아빤 참 받아줄 줄 몰라. (그녀에게) 그죠?
그녀	이제 막 불 끈 참이야. 너도 같이 먹자.
여자	(장갑을 발견하고) 어, 이거! 내 거랑 완전 깔맞춤이네?
그녀	맞아. 일부러 비슷한 색깔로 만들었어. 두 사람 사이좋게 하고 다니라고.
여자	나 한번 해봐도 돼요?
아버지	내가 받은 건데 왜 네가 해봐?
여자	사이좋게 한 번씩 껴보는 거죠. (그녀에게) 그래도 되죠?
그녀	(웃음) 그래.
여자	아싸!

여자는 아버지의 허락도 구하지 않고 장갑을 벗겨내 껴본다.

그녀	지현인 뭘 해도 잘 어울리네.
여자	그죠? 처음부터 저 주려고 만든 거 같죠?
아버지	이거 왜 이래? 엄마가 아빠 준 거야.
여자	에이, 부녀 사이에 네 거 내 거가 어딨어요. 딸한테 되게 야박하게 구시네. 나중에 돌려드릴게요.
그녀	그런데 그 짐은 뭐야? 또 어디 가니?
여자	이거요?

여자, 의미심장하게 웃으며 트렁크를 열어 선물을 꺼낸다.

여자   생일 선물이에요.

포장을 뜯어보면 두꺼운 겨울이불이 나온다.

여자   이제 겨울이잖아요. 마지막 겨울 지금까지 중에 제일 따뜻하게
보내시라구요.

아버지 마지막 겨울이라니, 너 지금…

그녀   괜찮아. 지현이랑 나 있는 그대로 다 얘기하기로 했어. 당신 장
갑도 내년 생일선물 미리 주는 거야.

아버지 여보…

그녀   난 차라리 다행이다 싶어. 덕분에 이렇게 당신하고 지현이하고
다 같이 생일파티도 할 수 있고.

여자   에이… 생일파틴데 분위기 이상하다. 그만 하고 한번 덮어봐요.
바로 쓰시라고 드라이클리닝까지 쫙 해온 거예요.

세 사람 침대에 원래 있던 이불을 걷어내고 여자가 선물한 이불을 깐다.

여자   어때요?

그녀   좋아. 따뜻하고. 푹신하고. 부드럽고.

여자   그래요. 그럼 그건 오늘부터 덮으시고. (트렁크에서 상자를 하나
더 꺼내며) 이것도 받으시고. (하나 더 꺼낸다) 이것도 받으세요.
이건 작년 생일선물. 그리고 이건 재작년 생일선물. 그리고 이
건… (주머니에서 작은 액세서리 상자를 하나 꺼낸다) 내년 생일선
물.

여자, 액세서리 상자를 열고 목걸이를 꺼낸다. 그리고 그녀의 목에 걸어

준다.

여자 와, 우리 엄마 예쁘다. 여기 거울 좀 보세요. 어때요? 마음에 들어요?

그녀, 가만히 거울로 손을 뻗는다. 하지만 그녀의 손이 닿은 곳은 거울 속 여자의 얼굴이다. 뻘쭘해진 여자는 슬며시 거울 밖으로 얼굴을 뺀다. 그녀의 시선이 따라서 거울 밖 여자의 얼굴로 옮겨온다. 그러다 갑자기 울음을 터뜨리는 그녀.

여자 우리 엄마, 감동 제대로 받으셨네.
그녀 나… 이거 못 받아…
아버지 왜 못 받아. 다 당신 선물인데.
그녀 네 아빠 때문에 이러는 거면… 그만 해도 돼…
여자 그게 무슨 소리에요. 아빠 때문이라니…
그녀 너… 정말 날 용서했니?
여자 예?
아버지 여보. 다 지난 일이잖아.

그녀, 침대에서 나와 여자 앞에 무릎을 꿇는다.

여자 엄마…
그녀 미안해. 너한테 용서받고 싶다고 생각하면서도 한 번도 이 말을 못 했어. 이렇게 말하면 네가 정말 날 미워한다고 인정하는 것 같아서… 하지만 항상 말하고 싶었어. 미안해. 미안해…

202

그녀, 계속해서 미안하단 말을 반복한다. 그녀의 목소리가 점점 빨라지다가 호흡곤란 증세를 보이고 곧 발작을 일으킨다.

아버지　(그녀를 붙잡으며) 여보! 지현아, 간호사 좀 불러와!

여자는 아버지의 말이 들리지 않는 듯, 그 자리에 박힌 듯 가만히 서 있다.

아버지　유지은! 어서!

여자는 아버지가 자기 본명을 부르자 그제야 정신을 차리고 밖으로 나간다. 아버지가 그녀를 부르는 가운데 조명이 꺼진다.

조명이 옅게 들어오면 해가 진 뒤의 병실. 여자 혼자 침대에 걸터앉아 있다. 그 옆에 목도리와 장갑이 놓여 있다. 아버지가 들어온다.

아버지　안 갔니?
여자　기차 시간 아직 안 됐어요. 좀 어때요?
아버지　아직 정신은 못 차렸는데 호흡은 좀 진정됐어.
여자　다시 안 가보셔도 돼요?
아버지　치료실엔 선생님들만 있는 게 원칙이래. 잠깐 쉬었다가 내일 상황 좀 봐야지.
여자　(사이) 몰랐어요. 그런 일이 있었는 줄…
아버지　비웃고 싶으면 비웃어도 돼. 바람나서 가족 버린 남자가 똑같이 자기 아내한테 버림받을 뻔한 거야. 벌 받은 거지. 그런데 어쩌다… 나보다 딸한테 먼저 들켜서…

여자   그런 거 안 믿어요. 천벌이니 인과응보니 하는 거. 그런 게 있
다면… 이 여잔 너무 불쌍하잖아요. 인생이 통째로 당신 벌주
는 데 쓰인 건데. 그냥… 그런 거라고 생각할래요. 다 별 이유
없이 벌어진 거라고. (사이) 초등학생 땐 새학년이 될 때마다 가
족을 그려요. 그리고 애들 앞에서 발표하죠. 다른 애들은 아빠
엄말 그리는데 난 아빨 그린 적이 없어요. 그 짓을 계속 하다
보면 그냥 그렇게 생각하게 돼요. 그러지 않으면… 누굴 탓하
지 않곤 버틸 수가 없거든요.

아버지   그냥 아무렇게나 그려 넣지 그랬어.

여자   모르겠어요. 그냥 그러고 싶지 않았어요. (사이) 가볼게요.

아버지   태워줄까?

여자   여기 계셔야죠.

아버지   너 서울 데려다 주고 바로 오면 돼.

여자   괜찮아요.

아버지   기차역까지만이라도.

여자   (사이) 그냥… 혼자 생각 좀 하고 싶어서 그래요. 당신하고 있으
면… 자꾸 엄마 생각이 나서…

여자, 트렁크만 챙겨서 나가려 한다.

아버지   이거 하고 가. 춥다.

아버지가 여자에게 장갑과 목도리를 내민다. 여자, 망설이다가 받아든다.

여자   나중에 돌려드릴게요. 내 거 아니니까.

아버지   하고 싶으면 계속 해도 돼. 어쨌든 이 사람은 널 보고 만든 거

니까. 널 누구라고 생각하든 간에 이건 너한테 준 거야.

여자 (장갑을 보여주며) 이것도요?

아버지 (웃음) 그건 내가 주는 거야.

여자 고마워요. (나가다 말고) 엄만… 내가 미술 숙제를 그리고 있으면 이렇게 말했어요. 아빨 못 그리게 만들어서 미안하다고…

아버지는 아무 대꾸도 하지 않는다.

여자 당신이 없는 우린… 그 상황이 누구 탓일까 그 생각을 너무 많이 했어요. (사이) 부탁하신 건 고민해볼게요.

여자가 나간다. 아버지가 혼자 남는다. 조명이 꺼진다.

조명이 다시 들어오면 여자가 혼자 병실에 있다. 거울을 마주보고 서 있는 여자.

여자 용서해요. (사이) 용서할게요. (사이) 용서했어요… 이미.

여자, 말을 하다 말고 거울에 묻은 얼룩을 닦는다. 그러다 문득 자기도 모르게 말을 내뱉는다.

여자 그건 나랑 상관없는 일이에요. (사이) 나하곤 상관없는 일이에요.

잠시 뒤, 그녀와 아버지가 병실로 들어온다. 그녀는 이전보다 많이 핼쑥해진 모습이다.

아버지   왔니?

여자   예.

그녀   추운데 힘들게 왜 왔어. 좀 쉬지.

여자   이불 잘 쓰시는지 보려구요.

그녀   따뜻해. (아버지에게) 여보, 창문 좀 열어줘. 답답하다.

여자   춥지 않으세요?

그녀   네 이불 덕에 괜찮아. 둘 추우면 옷 좀 입고 있어. 우리 조금만 열어두자. 나, 아직도 내 몸에서 약 냄새가 나는 것 같아서 그 래.

아버지   그래… 잠깐만.

세 사람, 아무 말도 하지 않는다. 병실로 들어오는 바람소리만 들린다.

아버지   여보. 지현이가 할 말 있대. (사이) 둘이서만 얘기할 수 있게 자 리 좀 피해줄까? (사이) 로비에 있을게. 얘기 끝나면 불러.

그녀   (아버지를 붙잡고) 같이 있어.

아버지   그래.

여자   (사이) 엄마…

여자는 그녀를 불러놓곤 더 이상 말을 하지 않는다. 그리고 그녀도 여자 의 말을 재촉하지 않는다.

그녀   (사이) 춥니?

여자   아뇨. 괜찮아요.

그녀   (사이) 네가 하고 싶은 말 아니면 억지로 할 필요 없어.

아버지   그런 거 아니라고 했잖아.

그녀	네 마음대로 해.
아버지	애가 힘들게 얘기하려는 건데 왜 자꾸 그래.
그녀	엄만 정말 괜찮아. (사이) 아니, 솔직히 말할게. 괜찮지 않을 거야. 하지만 네가 억지로 엄말 용서한다고 해서 내 마음이 괜찮아지지도 않을 거야.
여자	그럼 어떻게 해야 괜찮아지시겠어요?
아버지	넌 무슨 소릴 하는 거야?
그녀	모르겠어. 그냥… 네가 이것만 알아줬음 좋겠어. 네가 아무리 날 원망해도 난 가족을 지켰어.
아버지	우리도 알아. 당신 덕분에 우리가 지금 이렇게 같이 있을 수 있는 거야.
그녀	난 너한테 정상적인 가족을 줬어. 난 그 여자랑 달라.
아버지	여보 지금 무슨 소릴…
그녀	네가 저녁 식사를 하러 테이블에 앉았을 때 아빠도 엄마도 마음 놓고 부를 수 있는 집. 네 졸업사진에 아빠 엄마가 나란히 찍힐 수 있는, 네가 마음 놓고 두 사람의 팔짱을 낄 수 있는 그런 가족. 난 그런 가족을 지키기 위해서 필사적이었어. 난 널 그 여자 애처럼 키우지 않으려고 최선을 다 했어.
아버지	여보, 그만해!
여자	(사이) 이제 좀 춥네요. 창문 좀 닫아도 되죠?
아버지	(창문을 닫고) 오늘 엄마 치료가 힘들었어. 얘긴 다음에 하자.

아버지가 여자를 데리고 나가려는데 여자는 꿈쩍도 하지 않는다.

아버지	나가자.
여자	내가 하려던 말은…

아버지　그만하고 나가자니까.

여자　난… 미안하단 말이 하고 싶었어요. 용서를 구해야 할 사람은 엄마가 아니라 나예요.

아버지　그래, 알아. 네가 엄마한테 많이 미안하단 거. 엄마도 너한테 많이 미안해하고. 그러니까 그 얘긴 다음에…

여자　(아버지를 뿌리치고) 난 당신한테 아버지의 아내로 살길 강요했어요. 그러지 않으면 내 어머니도 되지 못할 거라고 했어요.

아버지　넌 그렇게 말하지 않았어!

여자　난 말한 적 없어도 엄만 들었을 거예요. 아니에요?

그녀는 대꾸하지 않는다.

여자　당신이 얘기한 그 여자… 그 여잔 아버지의 아내가 아녔어도 충분히 한 사람의 어머니였어요. (두 사람을 차례차례 보며) 당신도… 당신도… 그걸 부정할 순 없어요. 그리고 나도…

아버지　하지만 행복하진 않았을…

여자　그럼 우리는요! 이 가족은 얼마나 행복했죠? (사이) 왜 아무도 대답을 안 하세요?

그녀　그럼… 내가 지킨 건 뭐였니?

여자　나도 모르겠어요. 내가 엄마를 왜 원망했는지도… 언제부턴간 그냥… 습관이었어요. 내가 행복하지 못하게 될까봐 그랬던 건데… 그 원망 때문에 행복할 수 없단 걸 너무 늦게 알았어요.

그녀　미안해…

여자　아뇨. 엄마가 사과할 필요 없어요. 굳이… 굳이 사과를 하셔야겠다면 내가 아니라…

208

여자가 아버지를 본다. 그녀도 따라서 아버지를 본다.

여자 당신이 계속 이 사람의 아내로 남고 싶다면요. 그리고… 당신이 무슨 선택을 해도 지현이의 엄마인 건 변함이 없을 거예요. (아버지에게) 그리고 당신이 무슨 선택을 받는다고 해도 내 아빠인 것도 변하지 않을 거구요. 얘기할 시간이 필요한 건… 우리 둘이 아니에요.

여자는 병실을 나간다.

아버지 여보…

그녀가 울음을 터뜨린다.

그녀 미안해… 미안해 여보…
아버지 방금 쟤가 한 말 신경 안 써도 돼. 사실 쟤는 지현이가…
그녀 나… 지난 십 년 동안 단 한 순간도 당신을 사랑하지 못했어. 미안해…

그녀, 이불에 얼굴을 묻는다. 아버지는 난감한 얼굴로 가만히 서 있기만 한다. 조명이 꺼진다.

조명이 들어오면 무대는 어느 카페. 카페 테이블과 의자 두 개만 있으면 족하다. 여자와 아버지가 마주 앉아 있다. 여자가 아버지에게 봉투를 건넨다.

아버지 이게 뭐니?

여자 그동안 내가 뺏은 돈이요.

아버지 이럴 필요 없어.

여자 필욘 없지만 내가 그러고 싶어요. 어쨌든 약속대로 못 했으니까. 얼마 모자랄 거예요. 그건 나중에…

아버지 용돈이라고 생각할게.

여자 (웃음) 이제 와서 아버지 노릇이라도 하시려구요?

아버지 대신 부탁이 있어.

여자 또요? 아시잖아요. 나 약속 못 지키는 거.

아버지 너도 알잖아. 너한테밖엔 부탁 못 할 일인 거. (사이) 그 사람… 마지막 순간에 같이 있어줘.

여자 당신은요?

아버지 안 갈 거야. 마지막 순간은 내 아내가 아닌 사람으로 있게 해주려고. (쪽지를 건네고) 지금 그 사람 있는 곳이야. 병원 옮겼어, 덜 쓸쓸한 데로. 그래야 지현이가 덜 싱숭생숭할 거래.

여자 (웃으며 쪽지를 받는다) 생각해볼게요.

여자, 일어나서 나간다.

아버지 종종… 연락해도 되지?

여자 의무감 때문에요? 미술 숙제할 나인 이미 지났어요. (사이) 그냥 가끔 사는 얘기할 사람 필요하면 그땐 하세요.

여자가 나간다. 잠시 뒤 아버지도 다른 방향으로 나간다. 테이블 위에 돈 봉투가 남아있다. 조명이 꺼진다.

잠시 뒤 조명이 들어오면 텅 빈 무대에 여자가 등장한다. 품에는 그녀에게 선물했던 겨울이불을 안고 있다.

여자　(객석을 보고) 우리가 서로를 서로의 역할이 아니라 이름으로만 불렀다면… 그럼 추억이 조금 더 많았을까요?

여자, 다시 걸어간다.
막

■ 당선소감

스무 살 '문연자'라 불리던 학과 도서실에서 처음으로 희곡을 재미있게 읽었습니다. 스물한 살 극작동아리 노리터에서 난생 처음 희곡을 썼습니다. 그 이후 희곡을 쓰며 사는 삶, 내가 쓴 글이 무대에 올라가는 순간을 상상했습니다. 때로는 당연하게 생각하기도 했고, 또 때로는 과연 가능할까 의심하기도 했습니다. 아무래도 최근 몇 년간은 의심하는 시간이 더 많았습니다. 그래도 그냥 몸에 밴 습관처럼, 좀처럼 떨치지 못하는 버릇처럼 계속 희곡을 썼습니다. 이제는 조금 확신을 가지고 글을 써도 좋다는 증거를 얻은 것 같아 기쁩니다.

감사의 말을 전하고 싶은 사람들이 있습니다.

첫 번째로 연극이라는 예술이, 희곡이라는 글이 이 시대에도 여전히 유효할 수 있다는 걸 앞서서 증명해준 사람들에게 고맙습니다. 1쇄가 다 팔릴까 싶은 희곡을 과감히 출판해준 출판사들도 고맙습니다. 덕분에 연극과 희곡에 대해서 꿈을 꿀 수 있었습니다.

두 번째로 중앙대학교 문예창작학과에서 만난 사람들과 그곳에서 보낸 시간에 고맙습니다. 그 경험이 내 삶을 많이 바꿨습니다. 난 아직 그 변화를 긍정적으로 생각하고 있습니다.

세 번째로 진지하게든 가볍게든 나와 함께 예술에 대해서 문학에 대해서 이야기하고 내 글을 읽어주었던, 그리고 내 글을 읽어 보고 싶다고 말해주었던 친구들에게 고맙습니다. 우리가 나누었던 대화들 덕분에 버릇처럼 글을 쓸 수 있었습니다.

마지막으로 김난주 씨에게 감사합니다. 내가 표현하지 못해도 내 삶의 많은 부분에 당신의 흔적이 남아있습니다. 그리고 많은 순간 그 흔적들이 내가 글을 쓰는 동력이었습니다. 당신은 종종 내게 많은 것을 주지 못했다 하지만 난 내가 가장 갖고 싶었던 것을 당신, 어머니 덕분에 가지게 됐습니다. 감사합니다.

당선 소감을 쓰는 지금도 내가 당선된 게 맞나 의심하고 있습니다. 그런 생각이 들 때마다 심사평을 다시 읽어봅니다. '〈가족연극〉을 당선작으로 올린다'라는 문장은 몇 번을 봐도 낯섭니다. 이런 의심을 떨칠 수 있도록 몸에 밴 습관처럼 계속 힘써 쓰겠습니다.

올해는 66편이 응모하였는데 마감시간 이후 접수된 6편을 제외하고 총 60편을 예심, 본심, 최종심으로 심사하였다. 최종심에 오른 작품은 〈가족연극〉〈미라〉〈울타리에 머무는 햇살의 온도〉〈이상한 회의〉(제목 가나다 순)이다.

〈가족연극〉은 한 남자(아버지)의 결혼, 불륜, 이혼, 재혼으로 이뤄진 두 가족의 전사(前史)에서 비롯된 이야기이다. 이혼가족의 첫 번째 딸은 홀엄마와 살며 부친부재의 상실감과 부친 증오로 살아왔고, 재혼가족의 두 번째 딸은 엄마의 불륜을 목격하고 모친과 불화하다가 스스로 삶을 끝낸다. 시한부 병동에 있는 아내(재혼한 부인)를 위해 아버지는 딸의 죽음을 숨기고, 첫 번째 딸에게 죽은 두 번째 딸 '역할'을 해달라고 제안한다. 두 딸이 아버지를 빼닮아 가능한 극적 조건이다. 극의 주인공은 첫 번째 딸이다. 흔한 막장 가족드라마일 수도 있는 이 극의 미덕은 치밀한 시간표(극적 서사의 진행)와 정밀한 심리묘사 그리고 적절한 소품(오브제)의 역할이다. 의도(주제)를 삭히며 차분한 질문으로 마감하는 결말이 사족이 될지 방점이 될지는 궁금하다. 또한 아버지의 역할이 틀에 맞춘 유형(類型)성에 머문 듯하다.

〈미라〉는 유해 화학물질로 오염된 휴지공장에서 작업하다 다치고(산업재해) 실종된 남편을 미라mirra로 만들어 보관하며 남편의 부활(직장복귀)을 계획하는 아내(약사)가 주인공이다. 컬트적 발상과 기괴한 분위기에 합당한 인물들이 나타나 아내의 집(실험실)을 염탐, 방문하며 남편을 찾거나 냄새나는 집에서 나가달라 재촉한다. 꿋꿋한 아내는 방해꾼들을 물리치고 남편을 20년 만에 다시 출근시킨다. 이 극의 미덕은 작가가 설정한 이상한 세계와 사건이 우리 시대의 어느 곳을 정확히 가리켜 풍자하는 것이다. 그 연극적 상상력과 정제된 대사도 장점이다. 그런데 아내의 흔들림 없는 능력과 활약이 꽉 찬 드라마의 틀이 되어

풍자 너머의 무엇(주제)을 약화시킨 듯하다.

〈울타리에 머무는 햇살의 온도〉는 유기견 보호소와 (여성)노인들의 양로원이 교차되며 그곳의 개들이, 노인들이 서로 갈등하며 벌어지는 이야기이다. 누구는 그 누구를 그리워하고, 무엇을 훔쳐 감추고, 누구를 의심하고, 누구는 사라진다. 보호소 개들의 사건과 양로원 노인들의 사건이 넘겨지고 이어지며 묘한 동질감과 공감을 일으킨다. 안락사나 입양을 기다리는 유기견 보호소와 죽음을 앞둔 노인들의 양로원을 대비시킴이 기발할 수도 있다. 하지만 동물과 인간이 함께하는 메르헨(Märchen, 동화)이 아니라면 굳이 개들과 노인들을 동급 대비할 필요가 있을까? 양로원(에서 일어난) 이야기로 다층, 다양한 성격들과 사건으로 짜인 휴먼극이 되면 좋겠다.

〈이상한 회의〉는 광고회사에서 구조조정 대상이 된 회사원들이 벌이는 한바탕 소동이다. 정년퇴직 앞둔 60대, 결혼 앞둔 30대 등등이 제 나름의 사연으로 '명퇴'당하지 않으려고 '을'의 투정과 내기와 배팅을 해댄다. 유쾌한 반전으로 살아남은 '을'들은 다시 일 잘하자며 의기투합한다. 단막극에 맞은 상황과 구조를 담고 있음이 장점이다. '을'의 처지인 직장인의 애환과 그들 사이에서 벌어질 만한 사건을 사실 바탕의 과장(誇張)으로 그린 것도 좋다. 하지만 극적 상황과 그것에 대처하는 인물들의 행동이 예측가능한 선에 머물고 풍자의 대상이 모호하다. 풍자를 '을'인 그들(자신)에게로 증강시키며 페이소스까지 일궈내면 좋겠다.

〈가족연극〉과 〈미라〉를 두고 고심했다. 기발한 발상과 연극적 퍼포먼스가 뛰어난 〈미라〉는 단막보다는 장막극이 되어도 좋겠다. 〈가족연극〉은 의도적 관계 설정이지만 그 설정을 책임지는 단정한 구성력과 극 속에 녹인 가족에 대한 진지한 질문이 믿음을 줬다. 〈가족연극〉을 당선작으로 올린다. 당선 작가와 응모해주신 모든 분들의 '힘써 씀'을 기원한다.

예심 　　백하룡, 양수근, 오세혁, 최세아
본심 　　위기훈, 차근호
최종심 　　김수미, 홍원기

한국일보 희곡 부문 당선작

이 생을 다시 한 번

■

차인영

1986년 서울 출생
서울예술대학교 극작과 졸업
2018 10분 희곡 페스티벌 〈결혼서약〉 참여

등장인물

조은태   남 30대

진고운   여 현대 : 20대 / 전생 : 10대

유 경   남 현대 : 30대 / 전생 : 10대

전생조은태 남 30-40대

노파

막 오르면

유경, 포박된 조은태를 무대 앞으로 끌고 나와 내팽개친다.
무대 중앙에 삽질을 하는 유경, 무덤을 파는 것이다.
조은태, 도망치려다가 유경에게 번번이 가로막힌다.

유 경　역시, 인생은 갈등이지. 또 보네 반갑게.
조은태　왜 이래요 또! 돈 다 갚았잖아, 보름 전에!
유 경　… 자식 노릇 하자.
　　　　나보다 더 니네 아버지 소식이 늦으면 어떡해.

유경, 품 안에서 종이 꺼내 조은태 앞에 펼친다.

유 경　그 인간이 자필 서명한 차용증.

조은태, 소처럼 유경에게 달려들고
유경, 종이를 가지고 투우사처럼 조은태를 피한다.
투우 같은 몇 번의 몸싸움.

조은태　갚을 능력 안 되는 사람인 거 알면서 돈을 빌려줍니까?
유 경　눈물로 호소하는데 별 수 있나. 일단 빌려주고 너한테 받는 수
　　　　밖에.
　　　　슬프지만 어쩌겠어. 억울하면 나라를 욕해. 대한민국 법이 그
　　　　런 걸. 가족주의 가족중심 가족책임
　　　　세상에서 가장 큰 족쇄는 뭐다? 가족.
조은태　난 더 못 해. 그 인간 잡아 족쳐!

유 경 하긴, 너 정도면 나라에서 변제해주는 게 맞긴 하지.
       고등학교 졸업도 못 하고 노가다 판에서 굴러,
       마이너스의 손인 아버지 빚 갚느라 쎄가 빠져…
       근데 결혼? 빚은 어쩌고. 애인은 뭐래?

조은태 (무릎 꿇고 애원하는) 아니… 안 돼요… 걘 몰라요.
       시키는 대로 다 할게요 죽으라면 죽고
       그 각서대로 할 테니까 제발…

유 경 아이고 세상에나. 아직 말을 못 했구나. 그래서 내가 … 모셔왔
       지.

       유경, 들여보내라고 손짓.
       떠밀리듯 입에 재갈 물리고 포박된 진고운이 떠밀려서 무대에 나동그라
       진다.
       유경, 진고운을 일으켜 세워 조은태와 사이 두고 앉히고 재갈 풀어준다.
       자신과 조은태 사이를 보고 발악하며 비명 지르는 진고운.

유 경 겁먹지 마 아가씨. 여기 들어갈지 말지는 아직 아무도 몰라요.
진고운 저한테 왜 이러세요!
조은태 내 여자한테 손대지 마!
진고운 … 자기야! 이 사람들 뭐야, 아는 사이야?
유 경 눈물 난다.
       죄송해요 아가씨. 나 이런 사람 아닌데 그쪽 예비신랑이 나를
       자꾸 비매녀로 만드네. 각서 쓴데요. 신체 포기 각서.
진고운 네?
조은태 듣지 마 고운아.
진고운 오해가 있으신가 본데요. 이거 공갈협박에 살인미수에요!

220

경찰 불러요!

조은태 안 돼!

소용없어…

진고운 뭐?

유 경 자, 상황이 어떻게 된 거냐면요,

애가 지금 결혼을 한다네. 지 인생 통째로 담보 잡힌 줄도 모르고.

진고운 네?

유 경 애네 아부지가 애 걸고 돈 빌려서 튀었어요.

진고운 자기야… 이게 무슨 소리야…

유 경 이럴 수가. 아무것도 몰랐구나 진짜.

아가씨, 충고할게. 지금이라도 도망쳐.

내 살면서 이 새끼처럼 인생에 마가 낀 인간은 처음 봐.

하는 족족 다 안 돼 모든 게 태클이야.

(사이)

이 생활 10년 찬데 딱 하나 배운 게 뭐냐면요,

이런 우울한 인생은 참 흡입력이 강해. 무지막지한 진공청소기랄까. 마주친 인연 하나도 허투루 안 흘려. 그냥 다 빨아들이지. 그럼 바로 그냥 블랙홀. 오호 통재라, 불행들 사이에 또 다른 불행성의 탄생.

그렇게 살고 싶어요?

진고운 이해가 안 돼, 이게 다 무슨 얘기야…

조은태 미안해.

진고운 … 미안하면 다야 이 개자식아!

유 경 안 됐다. 그래도 어떡해. 미안하면 죽어야지.

조은태 미안하면, 죽는 거야…

조은태, 그대로 투신.

진고운 이럴 필요는 없잖아요, 잠깐만요… 안 돼!

진고운, 조은태를 따라 나간다.
유경, 삽을 들고 선다.

유 경 살다 살다 얘처럼 인생 안 풀리는 인간 처음 봐요.
희한한 게…
내 친구 중에 미국 저 실로폰벨리 가서 완전 성공한 애 있거든?
걔도 이름이 조은태야.
한날한시에 태어나 어떤 앤 하는 족족 다 잘되고
어떤 앤 뭐 시작도 못 해보고 다 무너져.
마지막도 이따위로… 참 암담한 인생.

무대 어두워지고
자욱하게 피어오르는 안개.
그 속을 걸어오는 조은태.
그의 앞에 바닥에 앉은 한 노파.

조은태 저기요. 여기가 어딘가요. 저 여자친구한테 가야 되는데요,
노파 도와주시오.
조은태 어, 할머니. 종로 피맛골 입구에서 껌 파시는. 저 아시겠어요?
저예요 3만 원. 꼭 3만 원어치 산다고 저만 보면 3만 원 그러셨
는데.

노파, 양손을 뻗는다.

조은태, 노파 앞에 가서 등을 내밀어 노파를 업는다.

조은태　파출소로 가요.

노파　참 불쌍타. 아무리 쌓아도 공이 되는구나 공덕이.
　　　　원망스러웠을 게다.

조은태　말해 뭐해요. (멈칫, 돌아서는) 네?

노파, 조은태의 앞을 등불로 막는다.

노파　네 이름 아래 주어졌으나 아무것도 허락되지 않는 삶.
　　　　도망쳐도 끝까지 따라붙는 저주.
　　　　네 삶을 바꿔보지 않으련?

조은태　혹시 악마세요?
　　　　(반가운) 왜 이제 왔어요 영혼 걸게요.
　　　　아니면 뭐, 내 삶의 5년 드려요? 10년? 언제를 원해요.

노파　지금.

사이.

E　일천구백이십구년 시월 삼십일. 일본 학생들이 조선의 여학생
　　　들을 추행하는 사건이 발생. 일본은 전격적으로 조선 학생들을
　　　탄압. 일본 학생 무리가 조선인 학생을 집단 폭행하는 사건까
　　　지 발생해 조선 학생들의 항일운동에 불을 붙인다. 그리고 11월
　　　11일.

무대에 나무통으로 만든 책상,

오래된 알전구. 가늘고 여리게 불 들어온다.

바닥에 대(大)자로 뻗어있는 조은태.

보자기를 안고 흰 저고리에 검정치마를 입은 여학생 진고운,

교복에 모자까지 쓴 남학생 유경이 들어온다. 유경은 한쪽 다리를 전다.

유경, 들어오면서 알전구를 다시 한번 살핀다.

유 경   오늘따라 더 위태위태하네.

진고운   불이 켜지는 게 감지덕지야.

유 경   참 친근하다, 이 알전구. 꼭 우리 같다.
          10월 3일 고조선 건국절에도 천황 생일이라고 기미가요나 불러
          야 하는 신세. 대한 조선 내 나라에서도 조선인이라고 핍박받
          는 신세.

진고운   아프다.

유 경   약소 민족 해방 만세! 제국주의 타도 만세!

진고운   피압박 민족 해방 만세!

진고운, 보자기를 풀어 알전구 아래 책상에 놓는다.

보자기를 푸르면 나오는 종이들.

진고운   대한의 독립을 위하여!

유경, 만세를 부르다가 조은태에 걸려 넘어진다.

조은태, 깨어난다.

유 경   (비명) 뭐, 뭐가 있어!

유경, 다급히 알전구를 돌린다.

조은태 아이고 머리야.

조명, 밝아진다.

진고운 누구야!
유 경 너, 너 이 변절자! 여기가 어디라고 들어와!

유경, 조은태를 알아보고 의자를 번쩍 들어 내리치려 한다.
진고운, 빗자루 끝을 잡고 조은태를 위협한다.

유 경 내 다리 하나론 부족했나?
진고운 어떻게 알고 숨어들었나, 경무국의 더러운 쁘락치야!
유 경 (의자를 던지고 조은태 멱살 잡는다) 또, 누구 인생을 조졌나 이 괴
물아!
조은태 잠깐, 잠깐만!
무슨 말입니까? 쁘락치라니! 난 그저 할머니 따라왔을 뿐인데.
할머니 못 봤어요?
유 경 살려는 변명이다. 헛소리 마!

진고운에게서 빗자루 받아든 유경, 조은태에게 휘두른다.
조은태, 유경을 피해 뒹군다.
진고운, 서둘러 종이를 모아 보자기로 감싸는데 종이들이 바닥에 흩날린
다.
조은태, 엎드린 채 종이를 보는데

진고운, 조은태 앞의 종이를 낚아챈다.

진고운 절대 못 찾을 거야! 당신이 찾는 이름들!
조은태 … 이게 무슨 글자야 한글이야?
유 경 닥치라고!

진고운, 조은태의 말이 떨어지자 바로 나무통 뚜껑을 열어 권총 한 자루
를 꺼내 조은태를 겨눈다.

조은태 살려줘.
진고운 살고 싶어?
조은태 오해야. 내가 무슨 쁘락치야, 채무자지. 잘못했어. 살려줘.
진고운 우리도 그랬어! 우리도 살고 싶었어, 사람으로 살고 싶었다.
        우리를 버러지로 취급한 게 누구지?
        조선인 학생들을 잡아서 심문하고 학대하고…
        당신도 조선인이면서! 그런 인생으로도 살고 싶다니 참으로 딱
        하다.
        (사이)
진고운 날 원망하지 마.
        원망할 거면 어제의 너를, 그제의 너를, 총독부에 붙은 너를,
        노덕술 아니 마쓰우라 히로의 쁘락치인 너를, 나라를 팔고 민
        족을 팔고 비정한 충성심을 보이겠다고 여기까지 기어들어온
        너를 원망해.
조은태 무슨 소리야, 나는 돈 빌린 죄밖에 없잖아! 갚겠다고!
        여자친구까지 잡아와놓고 진짜 왜 이래!
        이젠 그냥 날 죽이래? 돈 필요 없대?

유경 불러, 유경 부르라고!

진고운 너 이 쓰레기한테 돈 빌려줬어?

유 경 내가?

유경, 진고운의 손에서 총 빼앗아 조은태를 향해 조준한다.
조은태, 항복의 표시로 양손을 든다.

유 경 그랬다면 이 새긴 죽었겠지. 돈을 빌려주는 대가로 목숨을 받
았을 테니까. 그 더러운 입에 내 이름 올리지 말고 그냥 죽어
이 새끼야.

조은태 그래, 죽여. 죽여라. 와. 내가 진짜.
그래 뭐. 내 주제에 무슨 영화를 보겠다고. 죽여 그냥. 잘 됐다
더 살고 싶지도 않았어. 맨날 공사판 노가다 뛰고 그래도 아부
지 빚 갚고 나면 겨우 팔천 원 손에 쥐고. 골방에 살면서도 공
과금 한 번 안 밀린 적이 없고 맨날 월세 못 내서 보증금 다
깎이고 쫓겨나고… 그래도 어떻게든 사랑해보겠다고, 어쩌다
일당에서 빚 까고 만오천 원만 쥐어도 좋다고 노량진 갔다. 공
시생 여친 만나 컵밥이라도 한 끼 같이 먹겠다고. 그렇게 살았
다 내가.
제발 부탁이니 죽여줘라 좀!
(사이)

조은태 나 죽이고 고운이 놔 줘라. 걘 아무 잘못 없어. 아무것도 몰라.
나 같은 새끼도 사람이라고… 사랑해준 죄뿐이다 걔는!
고운아 진고운. 내가 많이 사랑했다. 나 같은 거 잊고, 행복해
라!
(사이)

유 경   진고운?

진고운   이봐, 당신 누구야? 누군데 내 이름 알아? 유 동지 이름은 어떻게 알고!

유 경   진 동지, 그놈에게서 떨어져.

진고운   뭔가 이상해. 팔천 원… 만오천 원… 만오천 원이면… 기와집을 사고도 남아. 이봐 당신, 한글이 이상하다 그랬지? 이거 읽을 수 있어?

조은태   죽여 그냥!

        (사이)

조은태   한글 맞아? 맞아… 기역 니은 디귿… 뭐라고 쓰여 있는 건데… 잠깐, 1929년… 1929년…?
        뭐하는 거야… 이젠 나를 미치게 만들 작정이야?

진고운   … 당신, 누구야…

유 경   누군지 알아서 뭐 하게. 이 인간을 믿어? 민족을 판 반역자를? 놔주면 안 돼. 처단해야 돼.
        다음번엔, 필시 우리를 죽이려 들 거다.

        유경, 매달리는 진고운을 뒤로 하고 조은태의 머리에 총구를 겨눈다.
        그때, 유리병이 또르르 굴러온다.

조은태   엎드려!

        조은태, 진고운과 유경을 보호하며 포복한다.

유 경   저리 비켜!

진고운   뭐야?

228

조은태   둘 다 물러 서!

진고운, 유경, 조은태가 하는 모습을 지켜본다.
조은태, 조심조심 가서 보면 유리병이다. 집어 드는데
낚아채는 유경.

조은태   위험하다고!
유 경   밀서다. 장 형이 보낸 거야.
진고운   왜?
유 경   큰일이다.
진고운   (받아서 읽는) '화재로 등불 하나는 피신. 머물 곳이 없다.'
         그럼 유인물은?
유 경   전부 오 형네서 인쇄할 수는 없어.
진고운   가져오자.
유 경   가능해?
진고운   우리끼린 힘들겠지. 하지만.
유 경   안 돼.
진고운   봤잖아, 이 사람은 우릴 구하려고 했어.
유 경   이해가 안 돼. 이봐, 방금 왜 우릴 덮친 거야.
조은태   여기 어디야.
진고운   광주.
조은태   1929년이 맞아?
유 경   그래.
조은태   일제강점기?
진고운   일제강제점령이란 뜻인가?
조은태   민족을 팔았다는 게 무슨 뜻이야. 내가 그랬다고?

유 경   그래. 당신은 일본 앞잡이야. 친일파.

조은태   니 다리는 내가 그랬고?

유 경   (끄덕인다)

조은태   … 이름은?

진고운   조은태.

조은태, 실소한다.
진고운과 유경, 조은태를 바라보다 서로 시선 교환한다.

조은태   그랬구나… 이제야 내 삶이 왜 그렇게 엿 같았는지 알겠네. 변
명의 여지가 없다. 와… 이건 그냥… 내가 죽어야지. 그렇게 친
일파를 욕했는데 내가 친일파래. 매국노라니…
멀쩡한 사람 인생도 망쳐놓고 내가…
죽어야지 왜 살아. 억울할 것도 없다. 그냥 죽자.

조은태, 총을 든 유경에게 달려든다.
총을 뺏기지 않으려는 유경과 투우하듯 몸싸움.
진고운, 두 사람 사이에 끼어든다.

진고운   그만.

조은태   제발 부탁이다. 그냥 죽여. 죽고 싶다 진짜로. 진심이야. 나도
내가 이렇게 삶에 의지가 없는 줄은 몰랐는데, 이 정도면 그
냥… 더 살래도 싫다. 내가 싫어. 그냥 끝낼게. 나를 쏴라. 사람
하나 구해준다 치고 쏴.

진고운   아뇨.
당신은 조은태가 아니야. 이 세상의 조은태가 아니야.

(사이)

조은태　아니, 난 조은태다 개망나니 친일파 매국노 조은태!

진고운　내 말이 맞지?

유　경　믿을 수가 없어…

진고운　친일파는 스스로를 자랑스러워하지.

유　경　이 사람은 대체 누구야.

진고운　누군진 중요하지 않아.

　　　　어쩌면, 이 사람은 불씨야, 하늘이 내려준.

　　　　어쩌면, 우리가 꿈꾸는 미래, 독립이란 화약고에 불을 붙여줄
　　　　불씨.

유　경　… 위험한 사람이야.

진고운　이봐요 아저씨.

　　　　조은태, 구석에 쭈그리고 앉아 있다. 허망하다.

　　　　진고운, 조은태의 옆으로 간다.

진고운　아저씬 쓰레기가 아니에요.

조은태　뭐…?

진고운　꼭 좋은 사람일 필요 있나요. 나쁘지만 않음 되지. 안 나쁜 아
　　　　무나면 돼요. 그런 사람들이 모여서 나라가 되고 역사가 돼요.
　　　　아저씬 그런 사람이에요. 안 나쁜 아무나.

　　　　조은태, 무너진다.

　　　　진고운, 조은태를 다독인다.

　　　　유경, 숙연해진다.

조은태   뭘 원해.
진고운   당신의 지금이요. 더해주세요. 이 나라를 위해.

사이.

진고운과 유경, 둘이 보자기로 덮어씌운 상자를 함께 들고 조심조심 걷는다.
앞에 나선 조은태.

조은태   거 좀 쉬엄쉬엄 해. 날세 경무국 조은태.
화재 현장에 아무것도 없었다던데? 폭삭 주저앉아서 형체도 없다며?
쌀쌀하니, 흰 국물이 당기네.
몸 좀 데우는 게 어떻소?
(사이)

조은태   자, 한 잔 받으시고. 건배. "대일본제국의 영광을 위하야"
오늘따라 술이 참 독허네.
어린 아해들이 무엇을 알아 그리했겠소.
이런 생각도 한다오.
아해들은 모두가 귀한 것이오. 각기 다른 반짝이는 하나의 세계라오. 그런 아해들의 눈을 키워주는 것이 어른의 몫 아니겠소. 시월 삼십 일의 일은 참으로 마음이 요상했소. 어찌 내지의 아해들은 희롱을 즐겨하는가.
(사이)

조은태   아니, 그들을 편든다는 것이 아니고.
생각해보시오. 사촌누이를 남정네 여럿이 희롱한다면 그 누가

232

옳구나 하고 넘어가겠냐 이 말이오. 뭐, 내지 아해 오십이 조선의 서른을 이기지 못했다는 것은 참으로 애도하오… 아니, 너무 극심한 실망에서 나온 단어니 언짢아 마시오. 기분이 나빴다면 사과하리다.

(사이)

조은태　맞소.

(사이)

조은태　(점점 슬퍼진다) 아니외다, 오늘 어째 술이 참 다네.
조선이, 어찌, 본토를, 이긴단 말이오.
조선으로선 대일본제국의 은혜를 입어 무척이나, 감사하오.

조은태, 무릎 꿇고 바닥에 이마를 박는다.

조은태　영광이 아니겠소.

조은태, 다시 머리를 박는다. 흐느낀다.
진고운과 유경, 사라진다.

사이.

알전구에 불이 들어온다.
처음보다 선명하다.

유　경　붕어눈깔. 못났다.
조은태　어른한테 눈깔이 뭐냐.
진고운　친해지고 싶어서 그래요.

유 경 내가 언제.

조은태 잘 봐둬. 알전구는 이렇게 가는 거야.

조은태, 갈아 끼운 알전구를 책상 위에 놓는다.

책상 위에 보자기에 덮인 물건이 놓여있다.

조은태 이거냐?

진고운 네. 우리의 미래를 밝혀줄 등불.

조은태 너무 거창하면 부담스럽다 얘들아.

유 경 우리 동지들의 목숨이오. 충분하죠.

유경, 보자기를 벗긴다.

등사판이다.

진고운 아저씨. 한번 밀어 봐요.

조은태 내가?

유 경 야.

진고운 자격 있어.

조은태, 머뭇머뭇 다가가서 밀대 잡고 밀어본다.

유인물이 하나 완성된다.

조은태, 한 장 한 장 잘 민다.

유인물들이 점점 는다.

진고운과 유경, 시간차를 두고 떠난다.

점차 푸른빛이 돌고 닭 울음소리가 울린다.

진고운과 유경, 들어온다.

진고운 아저씨 혼자 이걸 다 했어요?

조은태 하다 보니 그렇게 됐다.

진고운 이쯤이면 오백 장 훨씬 넘겠는데요?

조은태 어떡할 생각이야?

유 경 11월 12일. 역사는 오늘을 오래오래 기억할 겁니다.

 독립을 꿈꿨던 학생들의 정신은 찬란했다고.

진고운 등교합니다, 자연스럽게.

 (유인물 뿌리는 시늉) 흩날리는 거죠, 아름답게.

진고운, 보자기에 유인물 나눠 보따리를 두 개로 만들어 하나는 맨다.

진고운 다녀올 거예요.

조은태 몸조심해.

유 경 댁은요.

조은태 글쎄다.

진고운, 주머니에서 주먹밥을 꺼내 내민다.

진고운 새벽에 쌌어요. 배 곯지 말라고.

조은태 해장엔 라면인데.

진고운 네?

조은태 아냐, 고맙다고. 잘 먹을게.

 (사이)

조은태 빛이 드네.

유 경 해가 떴으니까.

진고운 이 땅에 드는 빛이에요. 오래 머금을, 빛.

조은태　잘 지내라.

　　　　어떤 일이 있더라도, 죽지 말고.

　　　　진고운과 유경, 나가다가 돌아본다.

　　　　유경, 한 쪽 다리를 질질 끌며 다가와 조은태를 끌어안는다.

조은태　잘, 살아라.

유　경　(조은태 등을 툭 친다)

　　　　진고운, 조은태와 유경을 같이 포옹한다.

　　　　꼭 끌어안은 세 사람.

　　　　사이.

　　　　총소리.

　　　　조은태, 진고운과 유 경을 뒤로 돌려세우고 자신이 방패가 된다.

　　　　알전구가 팟, 꺼진다.

　　　　일시적인 암전.

　　　　문 열리고 점점 밝아지는 내부.

　　　　진고운과 유경, 구석에 숨어있고

　　　　팔에 총을 맞고 피를 흘리는 조은태, 믿지 못하겠단 얼굴로 본다.

　　　　사복 입고 헌팅캡 눌러쓴 사내 조은태가 등지고 서서 총을 들어 이 생의

　　　　조은태를 겨눈다.

조은태　너구나.

전생조은태　어디 숨었나 했더니 여기 있었구나, 이 쥐새끼 같은 놈.

　　　　내 얼굴을 하고 반역모의를 해?

　　　　… 나라도 속겠네.

이야. 대단하구만.

전생조은태, 총구로 조은태의 뺨을 쓸어내린다.
조은태, 전생조은태의 뺨에 손을 댄다.

전생조은태   어디다 손을 대!

전생조은태, 총을 난사하고
조은태, 총 피하며 책상을 들어 막아선다.
전생조은태, 조은태의 뺨을 친다.

전생조은태   기다려. 지금은 네놈이 아니야. 저 연놈들부터 족친 다음
에…
조은태   상상 그 이상. 진짜 역겹다.
전생조은태   죽여주마.
조은태   쏴주라, 소원이다.
내 얼굴로 내 이름으로 … 더러운 짓 하는 거 못 보겠다.

조은태의 머리채를 잡아채는 전생조은태.

전생조은태   네놈들은 다시는, 빛을 보지 못할 거야.
조은태   내 소개를 안 했지.
이다음 생에 너는 내가 된다.
(사이)
전생조은태   (발끈하여 총구를 조은태에게 위협적으로 들이민다)
개소리다.

믿을 수 없다. 재수 없게 나랑 닮은 불령선인.

조은태　(다가선다) 눈썹 옆에 흉터. 눈 밑에 점. 목 뒤에 사마귀. 징글맞게 똑같네. 야, 너 잘 서냐?

조은태, 멍한 전생조은태를 급습해 쓰러뜨린다.
진고운과 유경도 놀라서 마주본다.
조은태, 재빨리 총을 집어 전생조은태를 눕히고 그의 머리에 총구를 댄다.

조은태　인생은 갈등이라더니, 맞네. 지루할 틈이 없다.
　　　　전생을 저주하는 이생이라.

전생조은태　나 하나 죽는다고 달라질 세상인가?
　　　　그런 통쾌한 역전극은 현실에선 없다는 거. 너도 알잖아.

조은태　그 말이 맞아.
　　　　그래도 내 인생은 바꿀 수 있겠지. 내 모든 시작은 너니까.

전생조은태　이봐. 진정해. 같이 여기서 나가자.
　　　　시궁창 인생, 내가 구해줄게. 집도 주고 땅도 줄게.
　　　　나는 경무청 소속 …

총을 하늘에 대고 쏘는 조은태.

조은태　좀 잘 살지 그랬냐. 내가 너 잡으러 여기까지 와야겠어?
　　　　내 인생 고쳐보겠다고?

전생조은태　내가 다 해주마. 어떻게든 살려줄게. 그러니 …

조은태　미친놈.
　　　　나라 잃고 뭐 어떻게 사는데?
　　　　아무리 지옥이라도,

내 인생 거지같고 분단돼서 남북으로 갈린 조국에 살아도
나는 독립국가인 대한민국의 국민이다.
내 의무를 다하고 권리를 나라에 요구할 수 있는
내 나라 대한민국의 국민.
정신 차려, 이 새끼야.

전생조은태 살려줘. 나도 어떻게든 구하고 싶었어, 나라를 위해…

조은태, 전생조은태를 바닥에 내팽개치고
둘의 몸싸움 끝에 전생조은태의 미간에 총구를 대는 조은태.
두 손을 번쩍 든 전생조은태.

조은태 (전생조은태를 거울 보듯이 들여다본다)
보고 있는 게 사람인지 괴물인지
신이 아무리 손을 잘못 놀렸어도 이렇게까지 끔찍할 순 없어.
이것이 정말로 내 전생이라면 이 몸이 사지가 멀쩡한 것에 감
사할 정도야…

총을 들어 전생조은태를 겨냥한다.

진고운 (조은태의 팔을 잡는다) 안 돼요!
조은태 저리 가라, 위험해.
진고운 제발 부탁이에요. 아저씬 아니잖아요 아저씬 안 나쁜 아무나잖
아요.
내가 알아요.
전생조은태 잘 생각해봐. 여기서 내보내주면 너희 셋은 보호하겠다. 약
속해.

유경, 흥분해 전생조은태 멱살을 잡아 바닥에 내동댕이친다.

전생조은태, 돌변해 유경과의 몸싸움을 한다. 유경을 인질로 잡는다.

조은태   풀어줘.

전생조은태   이 자식 숨통 끊어도 돼?

진고운   유 동지!

유 경   오지 마!

    총 내려놔요. 우리는 저들과 달라요. 같아선 안 돼요.

전생조은태   존경스러운 동지애네.

    살리고 싶으면 총 버려. 어서!

    네놈도 이것들이랑 같이 종로에 목이 내걸릴 영광을 주지.

조은태   네 손이 빠를까 내 손가락이 빠를까.

    (사이)

전생조은태   시험해볼까. 난 손이 참 빨라.

조은태   … 애들은 내보내.

유 경   안 돼요.

전생조은태   좋아. 차분히 얘기해보자고. 우리 둘이. (유경을 툭 민다)

조은태   나가.

진고운   잠깐만… 아저씨… 진짜예요? 남북으로 나뉘는 거? 지옥인 거?

    어떻게 그럴 수 있어요, 독립된 조국이 어떻게 그래요.

조은태   나가라고!

유 경   이대로는 못 가요! 들어야겠어요.

조은태   댁들 잘못이 아냐. 여기서 나가 당장!

진고운   아저씨 잘못도 아니에요 아저씨도 잘못 없어요!

    그러니까 포기하지 마요 제발.

조은태   빨리 가!

진고운   (유경에 끌려 나가며) 있잖아요…

그러지 마요 아저씨. 죽이지 마요. 죽지도 말고.

사세요. 살아서… 안 나쁜 아무나가 되세요. 역사가 되세요.

전생조은태   (조은태에 달려들며) 밖에! 불령선인들 검거해!

서로 총을 가지려 다투는 두 사람.

전생조은태, 총을 손에 넣고 조은태를 향해 조준한다.

전생조은태   제물이 돼주어 고맙소, 가짜 조은태 선생. (총구를 당긴다)

총소리.

총은 조은태가 맞았는데 맞은 부위에 피를 흘리며 쓰러지는 건 전생조은태.

조은태   그러니까, 진작에 잘 좀 살라니까…

그와 동시에 조은태도 쓰러진다.

긴 사이.

노파, 바닥에 앉아있다.

조은태, 걸어 나와 노파에게 간다.

노파   왔어? 3만 원어치 줄까.

조은태   네.

노파   아니야, 만 원어치만 사. 애끼며 살어. 오래 살어.

조은태 네… 감사해요.

조은태, 나가고
노파, 정면을 본다.

노파 껌 사. 안 나쁜 아무나들아.

〈막〉

놀랐죠? 저도 많이 놀랐어요. 이런 작품도 되네요.

신기하고 이상해요. 아직 영글지 않은 난 그대론데 다른 세상에 와 버린 것 같아요. 하루키 세상에 달이 두 개가 뜬 것처럼요.

글을 다시 읽었습니다. 한 줄 한 줄 커지는 부끄러움에 숨을 곳을 찾게 돼요. (이불을 차는 것만으로는 부족해서 아마 전봇대를 뽑아버릴지도요.) 그래도, 저는 쓰는 동안 흥이 넘쳤어요. 이 작품과 제 손을 잡아준 한국일보, 한태숙 연극 연출가님, 전인철 연극연출가님 감사합니다. 번뜩, 아무래도 이 역사는 제게 명예로운 흑역사가 될 것 같아서 이참에 모두 불러봅니다.

제 삶의 99.9% 지분을 소유하시고 만들어주신

차해진 아버지 한정임 어머니. 존재만으로도 감사합니다.

서로를 바라보는 시선으로 행복을 전해주는 동생 가족 차승엽, 박하얀 감사합니다.

바스러지는 제 영혼을 지탱해준 내 사랑들. 정미라, 이수지, 윤지수, 이은애, 윤보라, 김수정, 이경화, 장유미, 김란, 여현주, 조인기, 김보람, 원은아, 오다빈, 이준한, 조혜진, 이지윤, 임지민, 신희숙, 한아름, 한은지, 이정연, 작당친구들 정말 감사드립니다.

가장 행복한 시절 세상을 등진 내 그리움, 이은희 안젤라 보고 싶습니다.

많은 가르침을 주신 고봉황 작가님, 황성연 작가님, 김대우 작가님, 꼭 안아주셨던 안젤라강(Angela kang, show runnner)님, 한 번의 만남에도 친절하시던 박해영 작가님 감사합니다.

멀리에서 사랑을 보내주는 한정경 이모, 어디서든 빛나는 동생 신성배와 신재영(Shin jae young) 항상 응원해주시는 황관홍 님, 황선옥 님, 황진영(Jane Hwang Sauk), 석지호(Steve Sauk), 황진태, 임선희 감사합니다.

니가 밀면 넘어질게 일으켜달라던 나의 영웅들께 감사드립니다. 넘어진 저를 일으켜주셨습니다.

즐겁자고 하지만 제 삶도 녹록지 않았습니다. 아침마다 뜨는 해에 살아있음을 원망했고 달궈진 불판 위를 맨발로 디디고 버티던 날들… 그래도 기왕 태어난 거 조금이라도 재밌게 살자고, 그렇게 시작한 작품입니다.

이 글을 쓰면서, 이 글을 쓰고 난 후, 그리고 당선자가 된 후에도 제 삶은 거의 변화가 없습니다. 여전히 저는 불판 위를 맨발로 디디며 걷고 있지요.

누가 제게 '나도 안 나쁜 아무나 맞죠?'라 물었어요.

그럼요. 감사하고 있는 걸요. 앞으로도 그 모습 그대로이길 바랍니다. 세상의 근간이란 무엇일까, 뜨는 해를 보며 가졌던 의문이었습니다. 답은 간단합니다. 보통 사람. 보통 사람들. 저에게 보통 사람이란 명사는 무척이나 고독하고 애잔하게 느껴져요. 게다가 단어와 단어 사이의 공란은 저를 참 외롭게 합니다. 이 무게를 넘어 깊이 가라앉은 삶들을 세상으로 끌어올리고 싶었습니다. 그렇게 오랜 시간을 고르고 골라 만들었습니다. 우리의 "안 나쁜 아무나"를요.

그래도 어제보다는 아주 조금 더 나은 오늘을 살다보면 점점 행복해지리라 믿어요. 종종 나쁜 아무나들이 우리를 슬프게 하더라도! 우리는 모두 안 나쁜 아무나입니다. 그대가 있어야 세상이 빛나요. 감사합니다.

//

2019 희곡 〈이 생을 다시 한 번〉 작가 차인영

■ 심사평

올해 신춘문예 희곡에 응모한 작품들은 주제며 접근이 새롭다기보다, 대체로 안정된 필력으로 무대에 대한 구체성을 알고 쓴 희곡들이 많았다. 세월호의 비극과 파인텍 고공농성, 동성애를 비롯하여 성과 가족의 개념에 대한 사회적인 이슈를 담아낸 이야기들이 눈에 띄었다.

심사위원들은 긴 논의 끝에 '이 생을 다시 한 번'을 당선작으로 선정하였다. 위원들은 현생과 전생을 넘나드는 신인작가의 거침없고 자유로운 필력에 놀랐고, 유희를 바탕으로 한 연극성과 놀이성에 매료되었다. 당선을 축하드린다.

'굴뚝 위의 새'는 고공농성이라는 익숙한 테마를 다룸에도 불구하고 매력적인 인물과 재치있는 대사 그리고 작가의 세상에 대한 뜨거움을 느낄 수 있는 작품이었다. 짧은 이야기 안에 주제를 집약시키는 경제적인 극작술도 인상적이었다. 세상에 질문을 던지는 다른 작품을 기대한다.

'버려진 아이'는 순수 창작이 아니라 '바리'를 재창작한 작품이라 선정에서는 제외되었지만, 현재성을 강화하며 극을 압축한다면 좋은 희곡이 될 것으로 생각한다. '신들의 영웅'은 주제의식이 선명한 작품임에도 단막극을 뽑는 취지에 어긋난 장막극이었고, '물속의 나무'는 은유적이며 초현실적인 독특한 창작의 세계를 느끼게 해 주는 매력이 있음에도 이야기를 풀어가는 방식이며 인물의 캐릭터가 다소 식상한 면이 있었다.

또한 특이한 주제의 작품도 눈길을 끌었는데, 현대인의 탈인간화 욕구를 신화적으로 접근한 두 편의 희곡 '동물원'은, 같은 제목의 비슷한 주제라는 우연성을 지닌 작품들로, 인간은 어디까지가 인간인가에 대한 우리의 고민과 자성에

대해 질문한 작품이었다. 이번에 투고한 작품들을 버리지 말고 다시 수정하여
시선이 확장되고 부피감 있는 희곡으로 다시 태어나게 할 것을 부탁드린다.

한태숙·전인철 연극연출가

2019 신춘문예 희곡 당선 작품집

초판 1쇄 인쇄 2019년 1월 23일
초판 1쇄 발행 2019년 1월 31일

지은이 김환일, 최상운, 이주호, 김옥미, 조은희, 오현근, 홍진형, 차인영
펴낸이 박성복
펴낸곳 도서출판 월인
주소 01047 서울특별시 강북구 노해로25길 61
등록 1998년 5월 4일 제6-0364호
전화 (02) 912-5000
팩스 (02) 900-5036
홈페이지 www.worin.net
전자우편 worinnet@hanmail.net

값은 뒤표지에 있습니다.